回家的路

王军 著

中国文史出版社

图书在版编目（C I P）数据

回家的路 / 王军著. -- 北京 : 中国文史出版社,
2022.2
ISBN 978-7-5205-3483-3

Ⅰ. ①回… Ⅱ. ①王… Ⅲ. ①散文集－中国－当代
Ⅳ. ①I267

中国版本图书馆 CIP 数据核字(2022)第 036993 号

责任编辑：全秋生

出版发行：中国文史出版社
地　　址：北京市海淀区西八里庄路 69 号　　邮编：100142
电　　话：010－81136602　81136603　81136606（发行部）
传　　真：010－81136655
印　　装：北京温林源印刷有限公司
经　　销：全国新华书店
开　　本：787mm×1092mm　1/16
印　　张：15.5　　字数：245 千字
版　　次：2022 年 4 月北京第 1 版
印　　次：2022 年 4 月第 1 次印刷
定　　价：58.00 元

自　序

《回家的路》即将出版发行，翻阅着平时心中随情而记的心灵文字，我的心总是不由自主地泛起过去的岁月，过去的憧憬，过去的向往与希望。

那是在新县一中上学时，我常为省下八毛钱的生活费用从千斤的家里步行六七十里地来到学校。那时的路需要大半天的时间，我常是利用周末的早晨回到家里背上几缸子咸菜，好在学校填饱肚子继续求学，学点儿命运掌握在自己手里的知识。那是父亲的期望，也是母亲的期盼。他们含着苦累的心情，其实是希望我们长大学点儿本事，有点儿出息，不再像他们那样蜗居在山村里，一手扛着犁、一手牵着牛走在田地间过着辛酸的生活。

父辈的心情，我常在深夜里化作希望的眼睛，在那个昏黄的煤油灯下翻阅着求知的大门。那门很沉，读起来也很艰苦，那门是人们常说的跳“农门”。那时在山村里，若能跳出这个门，十里八里的乡亲认识的、不认识的都会投来羡慕的目光。有人说那是家中的祖坟“冒泡”，有人说那家的孩子真用心，考上学了。当生活的喜事临幸而至，因传统思维心态的认知就会被湾里人说得神乎其神。

后来，在从军的路上，我考上了空军导弹学院。当时那还是一所神秘的军中高等学府，我在那里生活着、求学着、刻苦着，完成心中的使命，挑起生活的担子。

在那个使命神圣的岁月里，我知道军人的刚毅与寂寞，也懂得成长的路上步步坎坷艰难，心中的向往时时难遂心愿。为此，我躲在连队的贮藏室里，在熄灯号响起的时候我拉起了灯绳，写下心里的故事；为此，我钻进阵地上的兵器车里，在大家周末玩闹的消遣中我捧起了书本，充实心灵的荒寂；为此，我的文章在《读者》《青年文摘》、全国各大报刊转载的栏目上发表了，入选中央电视台“首届全国电视诗歌散文展播”，出现在中宣部、新闻出版总署年度全国青年报纸刊物好新闻好作品的评奖名单上……

当心灵的雨水如同甘露洒在人生匍匐的路上时，生活的希望如同大海里的针芒给人一种无穷尽的向往。

这之间，我从空军地空导弹部队到陆军某医院，从人武部到省军区，每走一步是那么的艰辛与奢望，又是那么的倾情与感恩。生活中，我遇上了好人，也遇上了一些爱莫能助的战友；生活中，在组织的抚育下我感受到阳光般的温暖，也领略了人世间人情世故般的煎熬与无奈。那年，我调到了军事检察院；那年，在领导的关心下，我被任命为副检察长；那年，在评定检察官等级时，被最高人民检察院检察长批准为国家高级检察官。

于是，我一边工作，一边写着稿子；一边忙碌地为幸福打拼，一边存点儿闲余时间抒写心中的感慨与故事。几年一直没断，几年一直在方格子的纸上爬着心中的乐趣和自我陶醉的情怀。于是，散文《妹妹，永远的遗憾》，二〇〇四被教育部编入中等职业学校文化课语文教学用书里。于是，散文集《遥远的思絮》、长篇小说《儿子在军营》、军营警示录《无声的滑坠》陆续出版。没多久，凤凰网、人民网、网易、搜狐、腾讯等国内各大网络媒体在网页页面滚动式地强力推荐了《无声的滑坠》一书，该书被业界视为畅销书。二〇一八年十二月，《遥远的思絮》《儿子在军营》《无声的滑坠》被中国国家博物馆图书馆编目入藏。

我望着那一堆厚实的奖励证书，那些心中用汗水酝酿出的文字，我欣慰，也感叹着，生活不易，有这样的情怀更是不易。我时常在心里趋向偷懒的时候告诫自己写作还不能放弃，也在思绪有些模糊的时刻拨开心间的潮水让心情涌动。为此，我爱在出差的路上用指头在手机上敲打着文字，也爱在无聊的夜晚趴在桌前苦盯着电脑写着心中的故事。

生活的日子在风吹雨打中总是那么地平淡，在春夏秋冬中也是那么地墨守成规。在人生不知朝向何处迈步何处落脚的时候，一纸调令让我去了河北隆尧县武装部当了政委。没多久，又被任命为该县县委常委。那时，我常去乡里，也爱往村里跑。谈起一九六六年邢台大地震周总理三赴灾区，才知原来震中就是隆尧啊！当我夜读诗书翻阅隆尧的历史时，发觉那个小小的县城竟留下了五代后周柴荣皇帝的足迹。

在隆尧，当我在那里寻思后周周世宗时代是怎样的政治清明、百姓富庶的历史碎片时，中央八项规定来了，党反腐中的无禁区、全覆盖、零容忍的声音来了。因长期从事军事检察工作，并在北京召开的全军检察工作会上介绍过经验，没多久，我又从武装部被借调到解放军军事检察院负责审查起诉工作。那时，身处工作中常至深夜；那时，身在案卷中常与证据材料较真儿。

生活给了我一份幸运，也给了我一份肩扛的责任。后来军改期间军委纪委成立时，我荣幸地被选调到其派驻纪检组工作。在那里，身在高处，责任重大，如履薄冰；在那里，心压担子，守住清贫，世事如水。为此，二〇一九年被军委纪委记三等功一次。这个荣誉来之不易，也是我人生中最富有的一次奖项，因为它是来自军委纪委的奖励，也是对我工作的肯定。

记得在国防大学学习时，我对组长说："能去国防大学参加军委机关高级参谋班学习，心已经知足了。"

于是，每次出差我利用余暇的时间写写生活的一景一物、一事一悟，在世事的繁杂中自寻其乐。每每见一些文章发表在《新华每日电讯》《解放军报》《中国纪检监察报》《散文百家》、作家网，有的还被中宣部学习强国平台转载……每每读起它，心中总有一种说不出的满足感和自豪感。

于是，在文学的追求上，我也在一字一句地抒写着自己的心路历程，写出自己的心灵片语。在散文的深度上，我也想再辟新章，写出一些好文章。

二〇二二年三月

目　录
CONTENTS

妹妹那份血浓的情

每当心有难事或是父母病重需要照顾时，我就想起了妹妹。妹妹不论身在何处或是多么艰难，都能放弃自己的想法和眼前的事情只身前往，帮我照顾家中的父母，让我安心地工作。

妹妹没有文化，很早就嫁了人家。其实，她家里很穷，有时去看她时给点儿零花钱，她还舍不得用，说是攒起来好买房子。

我说：“那攒到什么时候。”她笑着答道：“有一块是一块。”

这些年，孩子大了，妹夫在外打工也没挣到什么钱，有时上当受骗连个回家的路费都掏不起，更别说春节回来往家里带钱。家里的拮据，让妹妹成天嚷着要到国外打工。她说她婆家二婶的女儿出国了，一年寄回来十几万元呢。

在家里，我望着她，好半天没说话。“国外的钱哪有那么好挣的，你一个女人家，又没什么文化。”

“哥，苦我不怕，去干点儿粗活。”接着她又说，“二婶的女儿说能带我一起去。在一家养鸡场干活，给鸡打预防针，五毛钱一只。”

我说：“父母七八十了，那么大岁数，得有个人照顾。我又不在身边，父母也不愿意到城里，万一有个什么事怎么办？”妹妹听后，没再说什么，径直帮母亲洗衣服去了。

第二年妹妹突然打来电话，说与二婶的女儿说好了，到周边的一个国家里去打工。我说：“母亲怎么办，她老是病？”

“哥，母亲有事，我及时回来。妈妈说这两年死不了，让我放心去。”电话里传来妹妹要出国打工的声音，我心里七上八下的，母亲身体不好，担心没人照顾。

在妹妹出国打工的第二年，我被军事检察机关抽调到北京负责案件审查起诉工作。报到那天，检察长把我叫到办公室说了两句话。他说：“今天让你过来负责起诉，记住两句话，一个是对检察长负责，一个是对历史负责。”对领导负责就是对组织负责，对历史负责就是对党负责啊。听完检察长的话，走出他的办公室，肩扛着这个沉重的担子和责任，可心里觉得没有一点儿事。不知为什么，一提案子就兴奋，一讲案子就不知愁。

那几天，望着侦查人员从几个大皮箱里卸下的案卷，在房间里堆得像小山似的，不知为什么，丝毫没感到有什么压力。望着他们送来的案卷，我总是乐呵呵地伸手抱起它，查收了案卷和随案移交的物品，说不出的兴奋，迫不及待地在移交清单上签字领取了新任务。

到起诉组后，家里的事一点也指望不上我。女儿的照顾，落在妻子一人身上。我、妻子、父母身在三地，相隔千里，自然父母的生活无法照顾。那段日子，案子多，时间很紧，有的案子证据长达一万七千多页。没周末，没日没夜，几乎每天审查案卷到凌晨一点多钟，有一段时间我的眼睛一看案卷或是盯着电脑就流眼泪，我一边抬手揉眼睛，一边坚持审查证据，生怕出一点儿差错。

这之间，有时也接到父亲打来电话，多是三更半夜，说母亲心口痛得很厉害，觉得不行了。母亲患有心绞痛病，母亲在哭，父亲急得也在哭。父亲年近九十，这把年纪一个人在家搀扶不动母亲。

病痛的时候，父亲母亲只好在家坐等到天亮，实在没有办法常用头使劲儿撞墙，等湾邻人早晨起来后，再去叫人来帮个忙，送到医院去。接到父亲的电话，我常担心母亲有个三长两短，便与妹妹通上电话，想让她回来。

妹妹出去后，就想多挣点钱，好为自己的儿女添点幸福，也想为自己的晚年生活弄点保障。妹妹常在电话里就那么一句话：“哥，我不想回去，我也有家庭，我得养家。”

是啊，妹妹也有家啊。

但妹妹多是在家庭最艰难时刻，放弃原有的想法或是挣钱的机会。我的妹妹啊，她的心一直在为我、为父母。

那段时间案子很紧张，心在案子上，家里的事想得也少。一天，家乡里来了电话，说母亲病重住进了医院，是湾邻里人帮助送进医院的，父亲在电话那头哭着说不行了，问我怎么办。我一边给异地的妻子打电话让她请假回去看看，一边联系远在国外打工的妹妹。

父亲近年显得老了些，一人守在家里。这时，我唯一想到的只是妹妹，希望她从国外回来照顾母亲。

妹妹接到电话一边哭诉着自己的不易，一边询问母亲的病情。在万般无奈的情况下，妹妹选择了回来，帮助照看母亲。

在机场，我见黑瘦的妹妹从人群的甬道里走了出来，她抱着我一直哭诉着：“才出去两年，苦苦地干了两年。这个月老板说工资涨到一万元，可我又回来了。本想挣点儿钱，可母亲又病了。”

妹妹在国外的苦，从她满脸无奈的表情和那个不断的泪水里，得知打工的辛酸。她的苦在她肚子里，她想使劲儿地往下吞，可泪水不依不饶地往外冒，难以止住打工那份苦楚的生活。

那一夜，她讲述了打工的遭遇，带班的都是国内人，去得比妹妹早，他们让后去的妹妹把头十天挣的钱交给他，妹妹不肯，带班的不给饭吃，让妹妹跪在门外，晚上睡到厕所里。一连好几天，国外老板看不下去了，给妹妹换了个工种。两年的磨难，能吃苦的妹妹，勤劳地干着自己的活，赢得了老板的赞许，并答应给她涨点儿工资。

我见妹妹说这话时，眼泪总是止不住地流。她没正视我，怕我看到她的眼泪。

妹妹回来后，我心里许是轻松了些，母亲有妹妹在，心里觉得有个照应。妹妹这一回为母亲可真是尽了孝道。

两个月后，妹妹电话告诉我，说母亲真的不行了。我问妹妹：“医生说能治得好吗？”

“哥，医生说就这几天的事，让我们做好准备。”妹妹在那边哭了。

“哥，你回来看一眼妈吧。”妹妹说这话时，她的喉咙一直哽咽着。

听到母亲病危的消息，我的眼泪扑簌簌地往下滴。同事看到后，催我快向检察长告个假。当我从北京途经十一个小时连夜赶回老家，来到母亲的病床，搂着母亲叫一声妈时，母亲竟没有回应。那一刻，当世上最美的声音唤不醒母爱的双眼，妈，儿多想听听您的声音，听听育儿的苦难……让您看一眼儿的军装啊……

母亲的事料理完后，父亲孑然一身在家。我想带走他，父亲却不肯离开生养他的地方。我望着生命已老到极限的父亲，心里不是滋味。

最后妹妹跑到跟前对我说：“哥，去吧，家里有我。”那一刻，父亲、我、妹妹都抬手抹起了眼泪，望着妹妹搀扶着父亲进屋的身影。妹妹，你那份血浓的情啊！

爱　山

爱山，就得经常去爬山。爬山是一种增强体魄的运动，也是一种暖心的情怀。

体力好，能爬到山顶；体力不支，见山有情而力不从心，容易望山而退、见山而蔫，心中自然对爬山了无兴趣，更谈不上喜山、爱山、日常爬山。

其实，生活中爬山是件快乐的事。快乐来自一种心情，也出自一份情怀，人有了一种心情和情怀，又有喜山的情结，爬山身感轻松、不觉身体受累，也不会产生怯懦的心情。爬得汗流浃背，湿透衣衫，站在高处有种身爽的感觉，在山顶情不自禁地流露一份愉悦的情怀。

登在高处，自然有种“满目奇峰总可观”的奇妙心态，也领略爬山后的欣喜与神怡、自信与宽怀。

因为爱山，我学会了爬山。有名的，无名的，近处的，遥远的，我都爬过。有时，去爬眼前一座小山，累得气喘吁吁，觉得登山的不易，爬山的艰难。

在众多的爬山过程中，也常见一些爱山的路人因体力不够而半途而废，爬不到山顶，那些多是年轻的小伙子，看似很高大，实为肥胖。有的索性坐在一处，等登山的同行；有的拄着拐棍，一步一声叹息。

在一次爬山的过程中，我见一群健步如飞的青年，在海拔缺氧的雪山迅速前行，我不由得多跟了几步，看了几眼，在山的歇脚之处与一个壮男聊了起来，方知他们来自雪山那边的一个少数民族。小伙子说："爬不过雪山，得不到姑娘的爱。"姑娘需要保护，也渴望一个勇敢、健壮的小伙子伴随着自己。

山都不想爬，何谈爱山；山都爬不动，何谈健身。

在往后的爬山中，见一些白胖的男人登山不如一个女人，或是坐着车登山的人，心里不由得思考着一个民族强健的体魄，一个富裕后的国家防御力量的问题。

爬山，是一个人体力本真的还原，也是初心里的那份童心。人有了本真和童心，再高的山，也能翻过；再险的山，也能穿越；再陡峭的峰，也能攀上……

爱山，学会了爬山，让我释放一种心情，得到了一种精神，那是一种崇高的情怀啊。

晨　露

清晨，每当我被楼前马路上扫街的扫帚声吵醒时，便揉了揉惺忪的眼睛，思念起家乡的晨露来，思念起那雾起地湿、露缀草丛、猪哄狗吠、人忙牛耕的乡间生活。

记事起，天一亮，父亲就吆喝我们兄弟几个起床牵着牛去田边地头，趁雾未起、露没落时赶个早。父亲说：“早晨的草上有露水，牛吃了有力气。”

我牵着牛从这条田埂走向另一条田埂，露水打湿了双脚和裤褪，见牛无忧无虑地啃着田边的青草，不停地甩着尾巴，常想着父亲那句话。

牛吃了带露水的草，是否真的有力气，也许是。盛夏，我常见炎炎的烈日下，菜地里的小青菜、红薯苗被晒得茎蔫叶卷，地起白烟。可一到清晨，地湿雾绕，青菜叶、红薯苗上露满珠挂，棵棵亭亭玉立，从丛叶嫩娇滴，茎直挺拔，田边的花草也郁郁葱葱，生机盎然。每次望着这样的情景，我不禁为露珠的神奇而叹服，为植物的“复活”而惊奇，那点滴之露，那滴润之情，却能让暴晒一天的花草生机勃勃，打了蔫的庄稼茁壮成长。

于是，我蹲下身子，见满是露珠的青草上有三两颗悬在青青的草尖上，绿叶的边缘处，草颤而欲滴，草弯而欲坠。我伸手把溜圆的露珠轻轻地用手一抖，只见一颗露滴从草尖上从容地滚进了手心，晶莹剔透，用手指轻轻一摸，露润而清爽，滑湿而沁心。

我见潮湿的雾气下，那点点圆圆的水滴，一串串，一颗颗，一粒粒，缀在草丛中、花瓣上、秧苗里，亮晶晶，明灿灿，绿莹莹。远望去，阳光从薄薄的雾气中透了过来，照在草丛里，映在露珠上，一颗颗露珠像闪烁的星星，光彩耀眼，十分夺目。

露洒乡野，地湿丛密，叶绿草青。每次的每次，我见丛丛层层的草叶上，一闪一烁，满挂着、颤悠着、欲滴着的露珠，像镶嵌的宝石，便想起了唐代诗人李峤的诗句：滴沥明花苑，葳蕤泫竹丛。玉垂丹棘上，珠湛绿荷中。

青草托珠，露滴无声。随着日出雾起，阳光照射，孕育一夜的露珠渐渐化成了雾气，一缕一缕，一丝一丝，从田间地头、从山坎，袅袅飘动，轻柔曼舞，直到散尽为止。但就是这一夜孕育的露滴，却细润了万物，滋养着生命，让花生机，让草盎然，让空气清新，让马肥牛壮……鸟儿在林中攀飞嬉闹，人也在晨露中洒着勤劳的汗水。

突然间，我想起城市里大清晨马路上那曾吵人烦的扫帚声和洒水声，这人文的晨露，是沐浴城市生机的一种美啊，那是城市人文的一种晨露啊。

出差的早晨

霾没散的时候，我们就起了床。早，很早。窗外漆黑黑的，什么也看不清楚。

妻子蒙蒙眬眬地躺床上问我几点了，怎么走这么早，送站的司机也到了楼下，窗外传来“嘀嘀”的喇叭声，司机是在催我下楼。

我提着昨晚准备好的提包，出门下楼见司机正在车上等我，没等我说话，他向我问了一句：“早起吃了吗？”

我钻进车后对他说：“没顾上，有点儿晚吧。”

他说：“雾霾大，还得接上其他同志，怕时间有点儿紧。”

于是，他开动车时又说了一句：“你们到高铁上吃吧。”

早晨，雾大路上不好走，我们赶到高铁站的时候，只差几分钟车站内的工作人员就不让进站了。大家急急忙忙地赶到车内放下东西，便踮起脚尖儿望着车厢的那头，等着车内那个叫卖早餐的服务员。

身旁的一位女士见我们等服务员买早餐，不经意地瞄了我一眼说：“早上高铁上没有外卖。”或许，她经常出门，对车上的情况很了解。

我听说车上没有吃的，也没再盼着车上那个服务员。坐在座位上两眼发愣地瞅着车窗的外面，窗外依旧黑成一片，天还没有亮。

同事说：“路上服务我来保障，没有吃的，我来想办法。”

我见他说这话时不知是真是假，便用眼睛瞟了他一眼，见他把放在座椅背后布兜儿里的手机拿了出来，起身朝过道走去。

他在那里打电话，因声音听不见，许是为有急事的朋友，不然，这么大早打电话会吵闹人家的休息。

高铁启动了，在漆黑的早晨向前飞奔着。我坐在座位上，肚子里面咕咕地不停叫着，见同事还没到座位，闭上眼睛想眯上一会儿。

因这趟车上没有外卖，大家也没再叫嚷着要吃点儿早餐。

没多久，车到了下一站，天刚蒙蒙亮。我见同事又急急忙忙地起身往过道里走去。车要开了，他还没有回来。我正急着抬头找他时，他却兴致勃勃地从车厢的另一头走了过来，手中还提着热气腾腾的包子。

他把包子分给大家时，眼睛眯着缝地笑着。当我想问他包子是怎么来的时候，突然想起他去过道里打过电话。原来，他在车上叫了外卖。

饿了，许是饿了。我没问什么，伸手便从塑料袋里拿起他递来的包子，往嘴里塞着。真的，那个包子，无言地留在出差的记忆里，也留在同志间团结协作的精神里。

那次出差，遇上难事或复杂的情况，如那天早上吃的包子一样，都是那样想着办法克服眼前的困难、顺顺利利地解决了……

初心中的朴实修养

初心是人最初的一种心愿。这种心愿是根据个人的环境或处境心念而成的，具有美好性、期待感，其想法纯真、朴实，自然见地，孕育着一种朴实的情怀和一种人性为善的品德，蕴含着一种朴实修养的美德。

这种朴实修养，是受几千年中华民族文化根源的洗礼和革新，主要讲的就是“仁义礼智信，忠孝悌慎廉，勤正刚直勇”。这些传统的道德思维，根植在我们的血液，伴随着我们的心灵，一直影响我们的生活，引导我们的生活，让我们在认识、情感、意志、信念、言行和习惯的领域里得到修炼，让我们在心灵深处经历自我认识、自我解剖、自我教育和自我提高达成一种境界，这个境界就是人们常说的做人的基本涵养，也就是说一个人得到修炼形成的涵养，才有修养。用老百姓的话讲，那叫一个人的素质。人有了这种素质，才能完成初衷的心愿。朱熹说，“立志不坚，终不济事”。所以说，个人修养得“修”，也得“养”，它是一种无形的力量，也约束着我们的行为。

习主席教导我们不忘初心，其实就是让我们不要忘记心里起初泛起的那些朴实和做人的厚道，那种起始的美好和心愿在人的生活中历经磨炼的绽放。但在生活的经历中，一些人改变了起初的心念，丢掉了朴实，失去了厚道，当初的想法瞬间夭折在得来的幸福里；有的在物质的利诱中，多些了私欲，膨胀了幻想，起初的心愿在刚刚露出希望时，就掉进了冰冷的世界里，失去艰辛的追求和即将盼来的幸福。

从农村走出来的人，在心里都有一段自己起初美好向往的记忆。那个时代那个环境，那时的父母对儿女最原始的想法：娶媳妇盖房子，养儿防老，生活得好一些。也有相当一部分像父辈的贫民百姓，把家庭生活的希望寄托在下一代儿女身上，读点书，学点文化，不像父辈那么受苦，那么受累。于是，村里出现一个个苦苦求学的孩子，通过学习来改变家族世代农耕的生活，改变不再生活在粗活苦累的世代乡村里，走进城市，享受城里的生活，拥抱着幸福，在乡邻面前为父辈添份荣耀。这种初心是传统的、大众的、生活的基本愿望，涵盖着一种朴实的修养，一种人文的美德。

水往低处流，人往高处走。这种世间生存的自然规律，体现的是人最基本的心愿。这种愿望多是生计的想法、生存的需求、生活的满足、精神上的实现，多是朴实的、简单的、容易得到的，一种朴实的美。它与知识的多少、文化的强弱没有多大关系，但与人的善良与厚道、诚朴与美德息息相关，是一种本原的朴素修养。一个农民，盼望年景的收成，生活中的柴米油盐不用愁。但他得劳动，汗滴禾下土地日夜劳作，才能播种起始的希望。但心愿也受环境的制约，有时得靠天吃饭，年景不好，遇上天灾，起初的想法像吹出去的肥皂泡，虽然五彩斑斓，最终因不可抗拒的自然灾害破裂而失望。一个工人，起始的想法能工作，工资不拖欠，随着技术手段的娴熟，劳动强度的加大，利润的增多，在起初的愿望中又多了一些想法，想加薪提高待遇，满足日常生活的需要和精神上的需求。这些想法是随着社会因素的变化，不断调整自己的心愿，这种心愿的获取，符合劳动价值规律，劳有所得，它是朴素的修养在心愿达到目的后的一个延续。

生活中，人的想法很多，初心也不尽相同。田园的，浪漫的，人文的，精神的……既有起初“开荒南野际，守拙归园田”的心境和意志，又有“狗吠深巷中”的创业艰辛与困苦，还有实现“鸡鸣桑树巅”的美好愿望。这种创业的经历，起初的设想，脱离不了自身固有的朴实和一种浅含的涵养。这种涵养不需要人世的练达，也不需要刻意的培育，是自然流露出来的，也是生活练达中的精神所在。

在城市，有人渴望富有，也有人追求精神。多数人渴望老有所养，病有所医，住有所居，尽早过上小康生活。也有的想法是工作之余有个释放闲情逸致的地方，喝口茶、聊聊天，谈心境、话生活；还有的是想周末能带上爱人和孩子、同学与友人到城市的周边，其乐融融地度过悠闲的时光。苏轼有句名言："守其初心，始终不变。"生活中，当财物横流，物欲突变，一些人的私欲从心底像潮水泛起，人的初心发生了变化，思想开始忙乱，私心开始加重，道德开始沦丧，厚道被私利覆盖，善良被贪欲侵蚀，品行被野心吞没，修养驾驭不住初心，生活多了些颜色，初心在生活中开始分心"变轨"，不得始终。一个不大点的孩子，在父母的塑造下，成天生活在名利的责骂声中，想的是一鸣成才、一鸣惊人，最终初心狂躁，事与愿违，夭折在初心的摇篮中；一个年轻干部，在成长进步的人生路上，起初干劲十足，信仰十足，可在追求的路上淡忘了最初的理想、处事的信念、做人的原则，最后断送了政治前程；一对夫妻，原本恩恩爱爱，生活有滋有味，但在社会现实的生活中，一些人担不起家庭的责任，忘掉结婚的初衷，忘了婚姻殿堂里的表白，什么百年好合、白头到老，什么爱情唯一、忠贞不渝，最后见了美女就多情，有了新欢就移恋。这些初心的变化，实际上是人的修养发生了变化。当人的修养驾驭不住心里的欲望，把持不住起初的心境，人就会失去理智，失去德行，没了诚实与厚道，违背原则，破坏道德，背叛亲人，祸害社会，老百姓常讲的——变心了。

为此，人的初衷改变，人的心态发生变化，说到底就是修养发生了变化。人的心里出现了仁不当、义不守、礼不尊、智不清、信不诚的浮尘，人的心灵就对忠、孝、悌、慎、廉不遵循恪守，勤、正、刚、直、勇缺乏起初的势头，不一而终，初心大打折扣。

把持起初的美好愿望，一个人只有通过自觉地遵循社会道德体系的要求，更好地履行个人的社会义务，不断地提升个人的人生境界，才能不忘初心的生活。把持好这个生活定律。习主席教导我们不忘初心，对于一个普通党员、普通同志来说，应持有一份朴素的本质——修身、养性、静气。修身，就是使自己的心灵得到净化、纯洁。在道德、情操、理想、意志等各个方面能够保持良好的修炼心态，持之以恒，修身终生。养性，养身心，涵天性。孟子讲："存其心，养其性，所以事天也。"静气，就是心平气和，态度冷静。庄子有句名言："圣人之静，就是善于固守养静，万物不足以搅挠他的心志，所以能养静。"生气是人类负面情绪的一种宣泄。古人云，气大伤身。诸葛亮在《诫子训》写道：静以修身，俭以养德。静气是一种崇尚的美。心无杂念，淡泊浮名，是一种理性，也是一种沉着，是对事物猝然临之而不惊，无故加之而不怒的一种情怀。它诠释着一个人不忘初心朴素修养的本真，也郑重告知这种朴素修养的本真便是初心的灵魂，失去了这个魂，浮云遮眼望，初心不再，祸心自来。

习主席告诫大家“不忘初心，方得始终”，那不仅仅是对一个共产党人来说的，更重要的是告诫全体党员，尤其是党员领导干部想想起初的宣誓，想想起初加入革命队伍里的初衷，不忘党性的修养。这个修养是共产党人高尚的情怀和高尚的道德操守，是共产党人的党性，与人初心中的朴实修养有着本质的区别。一般人初心的朴实修养是寄予生存的愿望，党员的初心应具有崇高的党性，是为大众谋利益的。毛泽东同志讲：“全心全意为人民服务。”习近平在纪念朱德同志诞辰一百三十周年座谈会上说得很明白，讲得很透彻，把党员的初心回归到党性立场上来，情真意切。习主席说：“党性说到底就是立场问题。党性是党员、干部立身、立业、立言、立德的基石。决定一个人如何的是品行，决定一名党员如何的是党性。党性不可能随着党龄的增加而自然增强，也不可能随着职务升迁而自然增强，必须在严格的党内生活锻炼中不断增强。”（引自《在纪念朱德同志诞辰 130 周年座谈会上的讲话》新华网 2016 年 11 月 29 日）

不忘初心，在朴素的修养上历练党性修养，驾驭全局，不忘学习，知行合一，这是共产党人最基本的内在要求，也是终身练达的修养境界。否则，权贵的欲火、地位的升迁、生活的享乐、精神的颓废、后代的奢靡、初心的愿望随着私欲的膨胀，加上原本初心中朴实的修养走样、变味，党性修养没练就、跟不上，生活中不学习、不修炼、不加强，迷失初心，自然胜任不了党的工作，脑存伪政治，心是“两面人”，践踏党的红线、底线，陷入泥坑，掉进泥潭。

打　水　漂

在乡村，打水漂是小伙伴们最常见的一种玩耍游戏，也是童年的一种乐趣。

那时，在湾里池塘边，年岁大的或是年长的叔叔们见孩子们有吵有闹地玩着，他们也参与进来，伸手向孩子们要几块拾来的瓦片，“嗖”的一声向池塘的水面上“漂”去，那漂匀称而娴熟、清脆而洒脱，在池塘的水面上，一串串地直奔对面的塘边。孩子们见了拍手叫好，我心里也暗自称绝。心想，什么时候能有这样的水准，敢在小伙伴们面前露上一手，叫他们佩服多好。

记得在没上学之前，初到池塘边玩水漂时，只有一个，很少超过两个水漂的。

那时，根本不知道打水漂怎么个玩法，也没人教我。时常学大点儿孩子的模样，拾起石头就往池塘里扔。这种打水漂，懂事后，觉得滑稽可笑，也觉得做好一件事的不易。

一次，母亲见了，在责备我不要把石头扔进池塘的同时，也传授我打水漂的方法。

母亲说：“傻孩子，哪有用石头打水漂的。石头沉，圆不格棱的，扔到水里哪能漂起来。”母亲不识字，也是从长辈那里悟出的道理。那天，母亲教我用破残的瓦片或是薄石片玩水漂，还给我比画了样子和姿势。

玩水漂是个细活，也是个熟练功夫，在中学时才知它有其中的奥妙。沉的石头在水面上是打不了水漂的，水漂打得好还是要靠农村盖房子用的瓦片。记忆中，用瓦片玩水漂一般都是四五个，有时也能打上八九个水漂。

慢慢地，我与小伙伴们跑到房前屋后，拣些破残的瓦片来到池塘边，看谁打水漂多，漂飞起得更远。每玩一次，见小一点儿的弟妹们不会打，心里开始嘲笑他们，他们哄着吵着要我们教他。于是，我们也便学会了“偷懒”，让他们到屋后的乱石堆里帮我们去找瓦片，来供我们玩耍，我们高兴时，就拿一块瓦片教他们，弟妹们心里当然乐意，也从中学会了打一两个漂漂。有时，见掉了牙的弟妹笑得合不拢嘴，那高兴的劲儿、那兴奋的表情、那咯咯的笑声，是那么地酣畅，那么地释怀，那么地开心。

那段时间，玩得有点儿野，忘了抱柴烧火做饭，忘了与弟妹去水井里抬水把家里的水缸灌满。那时，湾里屋后破残的瓦片基本找不到了，不知是谁出了个馊主意，到房屋的边檐上抽出整块瓦打碎，来打水漂玩。

往后，在大人们去田地里干活时，没有瓦片在池塘里打水漂，我们就让不大点儿的孩子搭个人字梯偷偷地上房揭瓦，不管是自家的，还是邻居叔叔的，湾里的人家屋檐上的瓦片，我们基本上揭个遍，那个乐趣，真如神话里的世界，逍遥自在。

记得有一天，下起了大雨，父亲见雨水从屋后的墙壁上往下流，嘴中不停地念叨着："好好的房屋，后檐怎么漏起了雨呢?"母亲私下把我叫到一旁，问是不是我干的，我见母亲认真的样子，吓得不敢说话。不一会儿，隔壁的二爷也找到家里，说我带一帮小孩子揭的瓦，他家屋后的墙壁漏得不成样子。父亲知道事情的原委后，对我一顿狠打。那天，父亲打我时，我没流一滴眼泪，觉得是自己闯的祸，应该长点记性。

上学后，我懂事了，也知道打水漂的原理。原来打水漂是有技巧的，身体弯曲要有倾斜度，用臂膀的力量甩出去，瓦片或薄石片擦水面的漂才多，这个惯力的物理作用，是我上中学后才知道的。据书里记载，二战期间和今天的航天事业，有人还把它应用到科学技术上。

长大后，每次遇上河面或池塘，打起水漂，总是要比同行的人多出几个，也总是那么得心应手，有时心里像得了冠军似的，老人见了点头称赞，同伴见了拍手叫好。

其实，生活中本没有难事，难事关键在于悟。悟透了，想细了，做多了，难事也就容易了，生活也就简单了。在众多的事物里，择出其中喜好的一种，学了，懂了，熟了，会了，正如玩水漂，它像赛场上的一种比拼，也是偏僻山村孩子们玩耍时的一种“把戏”，简单、开心，玩个身体轻松，乐个精神愉快。

稻　　香

每当端着一碗香喷喷的大米饭时，我总时不时地想起家乡的水稻，那段收割的季节。

稻穗满田飘荡着，金灿灿的。那稻香气四溢，从田中飘来，像是给湾里人送来的喜悦，送来的幸福。那时，湾里人一个个乐呵的容颜，那个高兴的劲儿啊，咧着嘴夸赞年景的收成，年初的心愿。那是湾里人对水稻产生的粒粒珍惜之情，也是他们生活中一代繁衍一代的希望。

水稻成熟时，常从田间里散发出稻的香味。那时，欣喜地瞅着满田金黄色的水稻，一穗穗儿地压弯了腰，有的在稻丛里勾低着头，在低矮的田间里，相互喜迎收割的情景；有的在微微秋风的吹动下，笑弯了腰，在田间相互地簇拥着，怀抱着，像是倾谈着夏天的往事……

稻秧在春天刚插在田里时，苗儿青青的，在闪电雷鸣中茁壮成长，在狂风暴雨中挺拔禾苗的英姿。那种坚强，风吹不弯、雨淋不倒、雷打不断、电闪不惊。慢慢地，它在风雨中开着淡黄色的小花，一串串的，挂在出芽的稻穗上满田飘来，人走在那里，仿佛一碗香喷喷的白米饭就在眼前，那肚子情不自禁咕噜咕噜地叫了起来……

稻在田间慢慢地生长着，一粒一粒地长成了串儿，在稻田里，你挤着我，我挤着你，张望着，嬉戏着，涌动着，成长着。伸手摘来一株，那穗弯弯的，挂在脖子上，像一条金色的项链，那粒匀称，个个饱满，像湾里人灿烂的笑脸，高兴得张口就说今年的收成不坏。

稻成熟后，黄灿灿水稻的香味开始从田间飘进村子里，落在湾里人的脸上，也牵动着牛的忙叫声。收割了，满田的稻香，在秋天的阳光下，湾里人男女老少，个个挽起裤腿，挥动着双臂，舞动着镰刀，一个个兴奋地踩在割完的稻茬上，抱着稻谷，捆成一捆捆的，在泥田里往返，那双脚踩在泥田里嘎吱嘎吱的响声，平添了一份收割的喜悦。

那稻谷堆在晒谷场上，仿佛一担担白白的大米，散发着香喷喷的稻香，那香沁入湾里人的心里，他们带着祖祖辈辈留下的殷切期望，在这块稻香的土地上一起风雨同舟，一起幸福地生活……

点滴的感悟

一次，身体感冒了，几天了也没见好转。领导说，放下手中的工作去医院里看看。我望着领导，仍想坚持地挺着。

因病情一天比一天重了，便请假去了一趟医院。医生看后有些责备地说："喉咙都成这样了，怎么现在才来。"

我见医生是在关心我，心存感激地对他说："工作上有点儿忙，一时脱不开身。"他看完症状后便给我开了一些药。

在医院观察室里，我静静地躺在床上，等着护士打点滴。一会儿，我见护士手推着推车走了过来，她见我躺在床上望着我说："液体多，得输大半天。"我说："不怕，输吧。"心想，躺在这里扎着滴流，对于平时忙碌的工作来说，何尝不是一种休息。这是一种奢望啊，想着想着，轻轻地闭上了眼睛……

生活中偶然得一次感冒，对于一天忙到晚的人来说，其实是件难得的好事。它既提示着身体中的情况，也是一次自我的调节，同时从心里来讲也是一种放松。中国有句古话叫作因祸得福……

于是，躺在床上，望着针管里流动的点滴，真是一次福啊。心想，乐不在声，喜不在唱，苦不在叹，生活有一次平静的滴流也是一种福感。望着望着，心已安然……

兜里那一百元

生活中的一些小事，不及时处理或当面解释，容易引起误会，造成麻烦，也会给生活带来不良的影响。刚到机关，有件不起眼的小事，让我铭记。

那天，我去机关给同行出差的同志送差旅车票。车票是我让家属帮助订的，同行的同志要我把车票送过来，让领导签字后好到财务报销。我按照他的吩咐去了他的办公室，把车票给了他。

在办公室，他友善地让我坐下。我感激地连忙回答，不用客气。他见我手持车票款，便让我把车票给他。他人很好，也很友善。因车票一时不能从财务报出来，他想自己先垫上，以免因取车票报销的钱来回折腾。于是，见他从柜子里取出现金，按车票上的价格如数地递给了我。我笑着说："不急，等报了再说吧。"

他望着我诚恳地说：“拿上吧，以免还得跑一趟。”双方相互谦让了下，我接到钱数也没数直接装进裤兜里。

正走时，负责内勤的人过来了，说是机票、车票财务有规定，报销不许领现金，需要转账到订票人的账户上。同行同志对财务不是很清楚，听后便让内勤人员去问问报销的规定，等了半天那个内勤人员也没有回话，我见没有结果，便从衣兜里把钱掏出来递给了他。临走时说些感激的话，转身离开了他的办公室。

电梯里，我无意间将手插进了衣兜里一摸，发现兜里居然还有一百元钱。顿时，感觉少给人家钱了。于是，我按住电梯，返了回去。

敲门进去时，见他正准备把钱放进柜子里。我连忙对他讲：“少掏了一百元钱，落在裤兜里了。”他接过钱没说什么，顺手放进了柜子里。

走出他的办公室，心里感到坦然而明亮，也为自己伸手一摸而感叹。机关做事要有一份细心，也要有一种责任，更要学会自检。不然，心不细容易惹出麻烦，责不履容易产生苦果，自不检容易酿下是非。事清、心诚、释然，相互间也就少了猜忌、妄评，生活中也就没了细数、多言，朋友间也就出现不了乱讲、瞎说。

于是，做人做事，心中有了一块镜子，放正心态，檐屋头低，不猜忌，不妄评，不细数，不乱说，不瞎讲，不多言，诚恳待人，诚心做人，诚朴为人，诚挚交人，诚意用人，诚前言人，心坦事明，理直才气壮。

忽然，我想起了同事间为什么要咬耳扯袖。正如兜里那一百元钱，自查了，自纠了，互相说清了，同志间的呵护才久远长存，相互间的信任才忠诚可赖。

忽视的角落

朋友喜欢旅游，每年都要去些名山大川、山寨古镇，赏山阅水，闲散心情。

一天，在同伴的劝说下，一起跑到了附近的山上，发觉那里的水清澈细流，山景秀丽。心中不由得叫了一声：“这里也有这么好的景啊。”他说：“早知身边有这样的山水，假期没必要跑那么远去爬山了。人多，还累死累活的，一点儿游玩的心情也没有。”

他的话，印证了一些舍近求远的人，有些人在欣赏远处的奇花异草时，却忽视了身边的美景。其实，身边的角落也有一些绚丽多彩的景色，也有能让人耳目一新、心灵一震的景象。

生活中，当我们常常外出阅目一些壮丽山川，往往却忽视了眼前的美丽山峦；当我们翻山越岭临近大自然恩赐的时候，偶尔跑到附近的小山赏一树桃花、杏花、梨花，或是不起眼的花草，也是那么地心动，感觉那样地漂亮。

赏景是这样，人亦如此。

生活中，有的人干活不多，领导却夸其做事干净利索。有的人工作勤恳，默默无闻，就是在某些领导的眼里容易被忽视，像个被遗忘的角落，不被关心，也不被关注，常常被视而不见……

这种现象在一个单位、一个工作环境里虽时有存在，但它的影响远比观山看水的意义大。它让人看到人心的冷漠，人性的漠视。有时等到一个人离开自己的岗位时，再去发现其心地善良，为人忠实厚道，工作敬业有佳，讲得让人听到是那么好，那么仁爱，那么地让人心感泪落……那也只属于一句空话而已。

其实，一个人成长的过程，应在刚开始工作时，给予一些关注。扶上马送上一程。若不是这样，被人为地忽视了，其心自然会凉凉的……

滑　　雪

提起滑雪，有些人对它的向往，多多少少来自心里的好奇和刺激。有的人喜欢这项活动，在雪道上把持得很好，雪上滑行如飞；有的人脚笨手僵，滑不到三米就在雪地里摔得心惊肉跳。

朋友约我去滑雪时是一个周末的上午。他的妻儿爱好这项运动，刚从国外回来就召集几个朋友一起去滑雪。

滑雪在北方是一种室外娱乐，一些悠闲自得的人常在冬天里不顾寒冷的天气，去附近的滑雪场上放松心情，练练筋骨。朋友生在南方，小时没滑过雪。但朋友说他老家冬天里的雪，下得很大，有时下起鹅毛般的大雪，有时风雪交加，封路堵门。

南方的雪是藏不住的，没几天，山的南面在光的照射下化得一干二净。那里的孩子，堆堆雪人，打打雪球，算是对雪的爱好罢了，更没有人去舍出一些本钱，造一个滑雪场供人玩耍。

那天滑雪，朋友的妻儿去了专业赛手滑行的滑道。生性笨手的我，只好在平缓的雪地里玩个半天。那天，虽说双手握着滑雪杆掌握了些技巧，终究没敢进入初级的雪道里。旁边的人见了对着我说："滑雪哪有不摔跤的。"于是，我望着他笑了。

在雪地里，那人是在鼓励我到初级的雪道练练。随后我又笑着说："那是年轻人和孩子们的地方，我这个岁数去那里不适合。"向那人说那话时，其实是一种借口，说句心里话不想去是假的，其实是自己不会玩。

学滑雪，摔跤是件正常的事，脸上没有臊不臊的，有时不摔上几跤是学不会的。那天，在缓坡上慢慢地滑着，也领悟了一些技巧，觉得滑雪与平时做事有些相似之处。练多了，也就熟练了，难事自然变成易事。

生活中，虽然有些事看起来很简单，但实际做起来不那么容易，有时做好更难。像滑雪，没有基本功，永远只有在初学的道上……

回家的路

家有多远，路有多长。回家的路是母亲惦望的眼神儿，也是远航劳顿的人途中的寂寞。它是心的契约，也是爱的期待。

回家的路很长，长得可通到心底。思念时，有种“此夜曲中闻折柳，何人不起故园情”的眷恋；忧伤时，那个孤单的身影，犹如“邯郸驿里逢冬至，抱膝灯前影伴身”的归期。有时，路在哪儿，家就在哪儿，哪儿有家，哪儿就是爱的归宿。

其实，回家的路很苦。有时，辛酸如雨；有时，迷茫如雾。有时走了很多条，还是走不到爱的尽头。于是，便在心灵里发出肺腑般的呼唤，呼唤爱的那端，希望有雨的日子有把避风的伞，希望下雪的时候有件温暖的衣。

有时在遥远的异地，思着家的那头，想想那儿熟悉的山、谙熟的水，那里有儿时的乐园。有时无奈地在心中回味着父爱的喘气声，思念着母亲吧嗒吧嗒的眼泪声，那路长啊。

于是，再提速的高铁，也载不动回家的路程；再快速的航班，也飞不到故乡的梦里……这世间的无奈，哪有缝织的心网。归心的箭，也只是在心里穿越着高山，寻一口清泉，觅一首儿时的童谣，记在心里。

那是回家的路，也是归心的路。那路在家里，在故乡的月亮之上，也在思念的夜里……

回老屋过年

在年根儿临近时，我回到了那间充满童年生活乐趣的老屋。那屋破旧，窗户伸手稍用力一碰有些晃荡，但檐下依旧挂着过年时的鸡鸭鱼肉。这样看起来家中显得有些年味儿，也有一股浓浓的亲情。

那年，过年回家，总觉得湾里没有往常过年热闹，冷清了许多，似乎缺少年的温馨、年的喜庆。因湾里人十有八九都搬进了城里。

没去城里的，也在乡镇买了房子。这样一来，过去几百口人的湾邻，如今只有几户人家还生活在老家老屋的周围。过年了，户少自然人也稀少了起来，过年的烟花爆竹声也是那么几户人家响着，整个村子似乎缺少热热闹闹过年的气氛。

站在门口中，我见三两个大人带着孩子，拿着对联，在门框上抹着糨糊贴着春联，不是那红红的春联映在门上，还真不知是过年了。

我望着那个陌生的孩子和那个叫我兄弟的大哥，再用两眼瞅着那间旧得有些破的老屋，想起门前那条还有涓涓细流的小河，夏天枝叶繁密、枝丫茂盛的银杏树，突然发觉村子老了，老得子孙都有些嫌弃。

我回到老屋里，见厨房的香味从有些裂缝的墙沿儿边飘来，迅速蹿到黑不溜秋的房檐儿上面。那年，在门前的小河旁，也在破旧的老屋旁，响起了噼里啪啦的烟花爆竹声。我见那股冒着浓浓火药味的烟雾，在老屋的房前屋后散去。心想，过年了。湾邻的几户人家也冒出柴火炖的肉香，那炊烟飘零的香味也遮不住他们过年时喜庆的笑脸。

于是，年饭过后，我离开了老屋，离开了母亲，离开了那条乡间的小路。有时想着那块养育我的稻田，那片绿油油的菜园，那个抹不掉的记忆，在母爱的相思里，在老屋的灶台前蕴藏得很久很久。

如今，那条回乡的路旁也长满了杂草，老屋的角落生满了斑斑点点的苔藓，但那老屋年夜饭的味道，时时从心间泛起，像山上兰草花的清香，从那块清新的泥土里，不时地飘逸而来……

家

一

家是欢笑的场所，是伤心的自留地。

家是幸福的驿站，是忧愁的避风港。

家是温暖的雀巢，是思念的眼泪。

家是亲情的摇篮，是情感的寄宿。

家是慈母的心释放的爱，是严父的手垒起的墙。

家是儿女远途劳顿的港湾，是妻子精细粉刷的围墙。

幸福的人爱家，忧愁的人想家；

快乐的人驻家，伤心的人离家；

进取的人兴家，无志的人衰家；

勤劳的人发家，怕苦的人恋家；

勤俭的人持家，挥霍的人败家；

忠厚的人护家，不孝的人分家；

有爱的人顾家，不忠的人抛家；

勤勉的人当家，无德的人恨家；

漂泊的人思家，厌世的人出家；

心善的人养家，纵欲的人毁家；

辛酸的人回家，乞讨的人无家。

二

家是什么，家是亲情的窝，是爱情的巢；家是快乐的摇篮，也是幸福的温床；家是痛苦掩不住的门，也是伤心打不开的锁。

亲情呵护的家，父母善良，儿女孝顺；爱情蜜织的家，丈夫仁厚，妻子淑贤。艰苦的人打造的家，结实温暖；勤奋的人创造的家，温馨避浪；仁爱的人建造的家，殷实富裕；宽厚的人营造的家，福多情长。

家是父辈在辛酸的路上为儿女撑起的一把伞，也是为儿女在涉水的时候搭建的一座桥。伞旧能撑，亲情依旧。伞破尘厚，家衰败落。

家是情与爱的种子，情长福厚，爱深屋暖。可是，有的人建家不造情，有的人有家不惜爱。情薄家路远，爱少家荒芜。把家放在心中，爱就在心窝上；把家抛在脑后，幸福容易挪窝。

珍惜家，幸福招手而至。爱惜家，快乐伴身而随。心累了，回到家里，家中有父亲温的一壶热酒；漂久了，想起家，家里还有位年迈的母亲在倚门惦记……

家乡的咸鸭蛋

生活中，我吃过很多地方腌制的咸鸭蛋。无论口感咸淡、蛋心的色润，细数起来，还是家乡水田养的鸭子生下的鸭蛋腌制的好吃。

家乡的咸鸭蛋是用黄泥巴腌制的。母亲将黄泥巴掺和一些盐后，把它涂抹在鸭蛋壳的外面。一个个地弄好后，放进一个土坛子里，封住盖好。一周或半个月后打开坛子，拿几个出来洗净煮熟，切开腌制的鸭蛋，那蛋黄儿红红的，像一层油似的流在切开的鸭蛋上，是那么新鲜有味，吃起来不咸不淡，香喷喷的。

一次，回到老家，母亲边煮鸭蛋边对我说："北方旱地养的鸭子下的蛋，没有我们水田里养的鸭子下的蛋好。"

她见我没说话，继续在小屋的厨房说着："走时，煮些给你带上，早晨吃稀饭时切开就能吃，不用炒菜的。”

我见母亲一个劲儿地念叨着，回头对她说着：“哪儿都能买到，不用带了。”

母亲说：“妈亲自腌的，好吃。”

我望着母亲，没再说什么，任凭她准备着。

回来时，见母亲从家里带的不少，就给朋友送去了一些。没几天，那个朋友问我，鸭蛋是从哪儿弄来的，比我们这边的好吃多了。他说那蛋黄红得流油，看起来就有食欲，吃起来香，也不咸。

我说：“那是我妈做的，想吃，下次回去再给你带点儿。”

朋友听后，心里非常感激，嘱咐我回去千万别忘了。

于是，我跑回家里，切开母亲给带回的鸭蛋，望着那颗红红的蛋心，一股母爱的温暖犹如冬日的阳光从心中涌来，在身的周围是那么地暖和，那么地温馨……

家乡里的冬天

家乡里的冬天很美，有人说家乡里的冬天像秋天。几次冬天回去，都被那美丽如画的景色吸引住了。

在冬天里，山边上，沟坎里，田头边，有葱绿的树，成熟的果实；有枯萎的草，红艳艳的树叶。一棵棵，一树树，一块块，一片片，在村的这头，也在山的那边。有时，人走了过去，惊动的野鸡，扑棱一声从草丛里飞了出来，落在不远处。有时不等抬头寻觅野鸡的去处，这边的蝴蝶又飞了过来，像多情的恋人，嬉闹着，呢喃着，一对一对的，在眼前飞走了这对儿又来了那对儿，始终翩翩起舞着。那边讨厌的蜜蜂，嗡嗡作响，掠过眼前，常打断思想。偶尔在山上遇到一些红串串的野草莓，摘上一堆，捧在手上，塞进嘴里，那个酸劲儿酸得人直眨眼皮儿。个别大点儿的孩子见了，便带领几个小点儿的孩子，朝另一条山沟里跑去……

家乡的冬天也比较暖和，阳光满地时，一些老人和妇女爱在家门口悠闲地晒着太阳，有的纳着鞋底儿、缝补着衣物，个别女人还在门前的水塘里洗着衣服。她们有说有笑，张家长李家短地闹着，有的还说自家的男人，聊到低俗的言语，大家哄堂大笑，是那么开怀，那样地自寻其乐。

到了晚上，几家人围在一个火炉旁，一边煮着开水、泡着热茶，一边谈论着《封神榜》中的神话、评头论足着《三国演义》里的人物故事。有时夜深了，几家人还余犹未尽，不想挪动脚步……

近年的腊月间，有时回到家乡，在家门口碰到那个年长的叔爷们，望着那张乐呵的脸，大老远地喊着我的乳名。那听不够的乡音，那儿时般的情怀，像暖暖的冬天。

于是，心里暖和和的，身上也暖和和的，许是叔爷们的叫声，在家乡的冬天里，声响半个天际……

家中的稻田

不知什么时候，家中的稻田从封存的心柜里翻了出来，朗朗地出现在记忆的眼前，也映来了父母忙碌的身影，是那样地乐呵，那样地知足，那样地期望……

提起家中的稻田，忽然想起几年前的情景。那时，稻谷成熟的季节，父亲在田中割稻子，一会儿割倒一大片。稻谷在田里一片片，一排排扑放在稻茬上。不几天，大人、孩子，男的、女的，走进稻田里，伸手将稻子抱起来，在田埂上打成捆，然后在湾邻里请几个健壮的男劳力挑回稻谷场上。那时割稻子时，稻田里有些泥鳅从脚丫里滑了出来，父亲惊喜地叫了声："田里好多泥鳅。"说完又忙着割自己的稻子了。

前两天，妹妹在电话里说："父亲又下田割谷去了。不让他干活儿，非要干。”妹妹说这话时显得有些无奈的口气。

我说：“随着他的性子吧。不然，他会天天在家唠叨个没完。”

家中自“土地改革”后，分了几块稻田。那稻田都在山沟里，这儿一块那儿一块的，有的稻田离家有二三里路远。他那个岁数去稻田里干活儿我们不放心，担心他若摔到哪儿，儿女们都不知道，遇上事也没有个照应。

家中那几块稻田，有时回家跟父亲说过好多次，自己不种了，让给湾邻的人。父亲听后不同意，说那是自个儿的田地，不能给别人。他担心给了别人种上水稻，会把稻田毁了。

有时见他那么固执，也没有办法。便对妹妹说，他想种就种，不要刻意去阻拦他。

近几年，父亲体力不支，稻田有时荒在那里，见湾里人也没人种，父亲在家中念叨，那是自己的稻田，不能荒了。

父亲爱田，像是对待自己的生命一样，虽然没再劳作，但他天天在心中念着，或许在他的梦里也一直不停地念着，直到天荒地老……

坚　守

坚守，在一个人心里到底有多重。生活中，我常被一个人用生命的诺言对坚守的忠诚所打动，也对生活中夫妻间一辈子不离不弃所感怀。

有时想，人对一种承诺、一个誓言，在心里的坚守到底能把持多大程度，守住多久底线，履行多重诺言，付出多大代价。

有的人遇上挫折就放弃，碰到困难就退让，见了逆境就回避；有的人见了利益就毁约，接过金钱就弯腰，使个媚眼就着迷。放弃尊贵，背离信义，奴颜婢膝，心无良知，既谈不上人格的坚守，也无道义可言。在这些人的心里，人无信、言无果，当面许了诺，转脸不认账，毫无坚守之义，更无践诺可言。如同大晴天空中的一个响雷，不见雨点，让人干望着，哀叹着，无奈着。

其实，承诺的誓言，是一个人的信义，也是一份肩扛的责任。有的人能把一件小事做得很好，相守一辈子；有的人连半句话藏不住心里，交代的事转头就没了信儿；有的人话大如天、诺言如铁，最终言后空空、摸不着影；有的人一辈子恪守一个诺言，让爱生辉，让情变暖，让事淡忘。

生活中，坚守是一种人格，称的是一个忠诚，量的是一份信念，守的是一种精神。对于“坚守”二字，俗话说：“水可干而不可夺湿，火可灭而不可夺热，金可柔而不可夺重，石可破而不可夺坚。”它是一个高尚的人用朴素的关怀，释放出平民般的情感；也是一个具有大义的人用传统的美德，谱写一种民族般的精神。在道义的立场上，为誓言刻字，为诺言树碑，用侠肠柔情挺拔一份信任，用刚毅顽强守候一份责任。

春秋战国时期，一些小国常以割地求和，放弃对城池的坚守，不去抵抗外来入侵。后来，唐代诗人周昙读下这段历史，发现赵国后君无能的表现，惊愤地写下了“割地求和国必危，安知坚守绝来思”的绝美诗句。

在现实的生活之中，常常见一些人挺不过心里那道坎，精神缺失，底气不足，意志不坚，遇事坚持不到最后，有的是缺乏勇气，身上没那份韧劲和毅力；有的是受不了那份苦、那份罪，生活安逸，贪图享受，最终选择了放弃。我见过年轻人在婚礼上那句百年好合的承诺，可有的结婚不到三天，相互背弃了爱的信义，撕毁了婚姻殿堂里的诺言，分道扬镳；在日常工作中，我也见过一位自称党性很强的同志在会上再三强调党的纪律，可会后不到半个小时就把会中的话语毫无组织地泄得干干净净，在外传得沸沸扬扬。

人有了坚守，生活才有光彩；人有了追求，坚守才有真情动人的故事。守住一个诺言，不是在平静的水面上，拦下一道水线。往往在遇上凶猛的巨浪中生命遭到吞噬的危险时刻，经得住考验，守住底线；或是在艰难的环境里，又恰恰逢上恶劣的天气，有着铁一般的刚毅与坚强，持着那种不灭的信念与意志，坚守人生中那块心灵之地、操守之地、道义之地、生命之地，这种坚守来自本能的良知、生活的正义、职责的忠诚、初心的信念。

坚守是生命对爱的释放。学会坚守，爱会在心间让那段回忆、那段故事、那段情感、那段信念酿出蜜来……

看 秋 去

闷在家里好几天了，也不知山中的红叶是浓是淡。突然，产生了去爬山的想法，便在心里择了个日子，去近处的山中想看看秋天。

早起爬到西边的山上，望着泛黄的树叶，才知秋近了，近得像父母呵护时的孩子，添了件黄色的衣裳。

山上的树叶没有想象的那么红，爬山看红叶还需一段时间。性情急些的人，这时来到山上未免有些失望。不过望着秋后蓝蓝的天空，也不枉此行。

放眼望去，天蓝，山那边也蓝。蓝得像高原的天空，也似湛蓝的大海。忽然见远处的一条白带，像是天的边处朦胧而薄纱、露显而隐藏，它挡住了人们远眺的目光，却遮不住赏秋的向往。

那山的起伏，那嶂的突兀，勾画着自然中的纯情，依旧在心中美轮美奂。

我站在山上，用心品赏着那块蓝天下的山峦。突然，身边的一位少妇那清纯的声音打断了我，回头望去，她正给孩子描绘这山怎么写，那景怎么述，秋天怎么描。那孩子迷惑地望着她，像是在点头，许是听得似懂非懂。

爬山是一种爱好，有志气的人常把它当作生活的一种经历。我想，一个人无论处在什么样的环境，什么样的场地，用心去做好一件事，不管风天雨里、逆行风雨中，还是阳光千里、顺山顺水，都能欣赏秋的颜色、品尝秋的果实。

如眼前那个孩子，在她母亲辛勤的浇灌下，照这样培养下去，她在文学的路上，一定像秋后山中的一枚红叶，红艳艳的，缀在秋天里……

筷　子

筷子是日常生活中的一种餐具，虽然简简单单但又体现人的生存智慧，虽然平平常常但又在生活中不可缺少，虽然普普通通但又与生命息息相关。

它是古人聪颖贤惠的佐证，也是先祖繁衍生息的一种传承。普通的人把它作为用餐进食的工具，用来品尝什么是酸的甜的，苦的辣的；贤能的人把它作为思考的尺子，用来衡量什么能夹起来养颜什么能吃得益心，什么可择而食什么夹而扔之。

筷子大多数是南方毛竹或普通的竹子制作而成，北方有的是木制的，有些人也用塑胶的，但王侯将相或豪富奢靡的人用的有金的、银的、象牙的……

生活中，人人离不开筷子。没有筷子，盘子里的菜肴难进口中；没有筷子，香喷喷的米饭送不到嘴里。人用筷子，只是一日三餐，一代接着一代地用。人择筷子，食不同餐，色不同味。有的人用筷子吃饭，为的是填饱肚子；有的人用筷子吃饭，为的是品尝生活情趣；有的人用筷子吃饭，只为填饱肚子；有的用筷子吃饭，想的是养儿育女。于是，筷子在人们的心中有了分类，圣贤的人用它，指点迷津；平庸的人用它，吃饱不冷；艰辛的人用它，知之甘苦；轻浮的人用它，胡吃海喝；进取的人用它，信心十足；懒惰的人用它，志向平平；孝敬的人用它，知恩父母；无德的人用它，诡谲无行；豪气的人用它，煮酒论俗；心窄的人用它，爱生邪事；儒雅的人用它，勤长智慧；无耻的人用它，多生厚颜；有志的人用它，苦尽甘来；忧民的人用它，食不甘味。在筷子相伴的岁月，有人夹起来的是生活的快乐，家庭的幸福，婚姻的美满，事业的昌盛；有人夹起来的是生猛海鲜，吃进的白米干饭，生出的是坑蒙拐骗。

筷子孕育了东西方文化，丰富了五颜六色的生活，西方人学会了用脑面对世界，东方人学会了用心预知未来。在东方，它除有择食饱腹的作用外，还留给后世“一双筷子容易折，十双筷子折断难”的通俗处世哲理。

赖　床

不知什么时候，养成了懒床的习惯。天亮了，早晨还不想起床。

天亮了，有时亮了很长一段时间，还躺在床上，身子懒懒的，心也懒懒的，躺在那里不想起来或是就没打算起来。

突然发觉，养成这种习惯，已不是一天两天的事了。记得去年春天就有过一段时间，那时出差到外地，因工作不太紧张，养成了早晨多睡一会儿的习惯，见同事早起到户外去运动，自己懒得去，就学会了恋床，好多睡一会儿。那时，那种轻松的心情让人心间惬意，也觉得有那点儿懒劲儿，是一种福气。可回来后，开始有点儿不适应眼前的生活，心里有好长时间还憧憬那时的情景。

那时，心里认为能赖一会儿床是多么幸福，也是多么享受啊。

这几天，不知是天阴下雨的缘故，还是其他原因，早晨起来总比平时慢了许多，也没像从前那样一骨碌地爬起来，去公园或是门前的庭院里走走。总是在想起来的时候，又倒在床上，瞎耗着光阴，觉得躺着养神儿。其实，这种想法是心理懒散的毛病在作祟，也是思想散漫的结果，导致自己起不了床。

于是，一直在心里嘀咕着、许诺着，说第二天早晨一定要早起，或到旁边的公园锻炼身体去，可到了第二天早晨又兑现不了昨天夜里说出的话。为此，晚上临睡之前，又再三在心里许下了心愿，说是早点儿起来，到外面跑跑，这样能锻炼身子，可是到了早晨天亮很久时，还是没爬起床。

生活中，赖床是一个意识问题。它往往反映的是一个人的意志不坚定，不能说到做到。对说过的事往往爱当耳旁风，或是置若罔闻。

这种现象若出现在一个人的身上，有时习惯性的东西一时很难克服掉。如生活中的赖床，它不仅让一个人对一种事物的漠然视之，也容易让人在道义的事情上熟视无睹，视而不见。

心懒了，人就没了意志的坚持和原则的坚守，意念也就会出现薄弱，有时心里想做的事情，而身子不想做。这样，惯坏了性子，懒坏了身子，也荒废了前途和事业。

老家的气候

站在田边，望着对面的山坎上，几棵长年不掉叶子的四季青树旁，一棵棵零星散落的棕榈树，它们在这样的冬天，却绿油油地生长着。

突然，脑海里闪过了一个念头，老家是什么气候，竟然有类似热带气候的植物。

于是，我在地图中寻找着老家的位置，也在地理知识中求证它的冬去春来。原来，老家属于秦岭—淮河以南啊。地理学家张相文在《南园丛稿》中称它是我国南北的分界线，北方降水量小于八百毫米，南方降水量大于八百毫米。而自然地理称它是我国亚热带季风气候与温带季风气候的分界线，有湿润与半湿润之分。难怪，老家的气候是那么四季分明，冬季是那样地暖和。

再看山上的树，乔木丛生，落叶的、针叶的、青绿的、艳红的，出门不远，便可映入眼帘。最让人称奇的是老家的山上，到处生长着中国最具代表性的植物银杏和水杉。据说那是世上少有的物种，我常以生活在这块贫穷的山村里，有这么两种奇特的树而愉悦；也常常为那些白果树结出的果实，能给村里的家庭换些零花的钱而欣慰。

生长在这种气候里，静候这方水土，树优人厚道，山高人善意。像眼前的棕榈树，丛丛翠绿，棵棵秀目，在这样美好的天气里，朴实无华，蕴藏着自然界中的芬芳……

老家的墙角

老家的墙，是土坯做的。墙角不知什么时候掉了一块。

从记事起，那墙角处就有一个缺口。有时吃完饭，父亲爱把碗放在那里，等着孩子或母亲回到屋里，一起捎到厨房。而父亲自己则坐在门前的石头上抽起旱烟，与乡里乡亲眉飞色舞地侃起了大山。

山村里的人很少谈到深奥的知识，聊的都是乡村趣事和老辈们留下来的知书达礼的故事。

那个墙角也是我和弟妹们最爱流连的角落。说着话，聊着天，开心时，露出掉了的门牙咧嘴一笑，是那么天真烂漫；不高兴时，心里委屈得像下起了毛毛细雨，伤心的事仿佛被挂在了那个残缺的角上，任风吹落，凭雨敲打。有时，挨了妈妈的骂，我躲在墙角悄悄流下眼泪。妹妹见了，吐出舌头做着鬼脸笑话我，说这么大了，还在哭，不像个男孩子。

墙角的记忆，总是萦绕心怀。最兴奋的事是母亲在上面放起一盏煤油灯。那时，全湾的人见面都会兴奋地说一句：“晚上有戏听了。”

天快黑时，母亲点燃了放在墙角上的煤油灯，院子里顿时热闹起来。湾里人早已搬来凳子或椅子坐在那里，等着大鼓书开场。

大鼓书是农村常见的一种娱乐活动，湾里人往往喜欢在农闲时请说大鼓书的人过来说唱一段。讲大鼓书的是邻湾里的一个小伙子。他没读过书，肚子里却有讲不完的故事。父亲曾赞叹地说，那孩子聪明，他拜师学过。

大鼓书，讲的是隋唐演义。说书人记性真好，传奇故事信手拈来，都讲得那么生动，那么扣人心弦。他传播的都是善良、忠孝的故事，那些朴素的道理成为湾里人辨别是非的准绳，也成为孩子们启蒙教育的重要一课。

我当兵离家后，那墙角成了母亲思儿的驿站。母亲常靠在墙角思念远方的儿子，盼儿从部队来信，一解心中的惦念。结婚成家后，每年春节回家，母亲总是站在那里，满脸欢喜地迎接我们的到来。

老家的墙角，是出发的港口，我从那里扬帆起航，驶向梦想的远方；老家的墙角，也是思念的港湾，静静守候着远方游子的归来……

老　墙

老家的墙是土坯做的，至今多少年了，父亲在记忆里翻了多少遍，始终没能说清楚。据老家的长辈讲，爷爷的爷爷就出生在这里。

记忆中，墙是我们儿时的伙伴，也是我们几个不大点儿孩子淘气的场所。伤心时，常躲在墙角里哭；高兴时，与伙伴们依偎墙下，玩一些快乐的游戏，来虚度童年的时光。

那时，村子过着集体工分制生活。大人们上工去，把我们丢在家里，任自己玩耍。有时，父母怕我们不太听话，严厉地对大点儿的哥哥、姐姐讲，管好自己，管好弟妹。

父母一走，我们像脱缰的野马，任性贪玩。多数聚在老家的墙下，你追着我，我追撵着你。小一点儿的孩子，累了不想跑，依墙而卧，趴在那里，用树枝在地上、在墙上歪歪斜斜、曲曲直直地乱画一气。大一点儿哥哥、姐姐，见一个个都叽叽喳喳地堆在墙角，懒得动，也过来凑凑热闹。几个从旧时读过私塾的父亲那里学过几个字，或是从识数的母亲那里教过几个数的孩子，便过来抢着小一点儿孩子手里的树枝，大声地念着在墙上画着、写着，不认字也不识数的伙伴们偏着脑袋问个究竟，识字的伙伴们背着一只手，神情俨如大人的样子，站在小伙伴们前面，用手在墙上指着自己画的字，念上一遍。那字犹如爬行的蚂蚁，横七竖八地映在墙皮上。顿时，墙角露出了一道道划痕，小一点儿的伙伴见大一点的哥哥、姐姐在墙上写着，也从地上拾起树枝在墙上比画起来。一时间，墙上乱七八糟，条条伤痕。

到了晚上，收工的父母见墙上一道道划痕，心疼地责备我们，问是谁干的。有时，大人们不问青红皂白抡起巴掌向我们打来，我们一个个瞅着墙上的“杰作”，委屈得不明白是因为墙上的道道而挨了打。

不几天，挨打的日子淡忘后，我们依旧在墙角上快乐地乱画着，依旧在墙角边打闹地度过自己的童年。

往后，我也独自跑到墙角边依偎在那里，用手在墙上涂写着。父母见了，大老远冲我训斥，因怕挨打，见父母要走过来，撒腿跑到村头，等父母消了气，才回到家里。

一年夏天，天下着大雨。雨水沿着房檐上的瓦片往墙下流着，墙淋湿了一大块。父亲见状，急忙背来梯子，让我跑到邻居家里把二叔请来帮忙，二叔沿着梯子很快爬上了房檐，过了半个多时辰，把房檐漏雨旁的瓦片对接好了。因雨大梯子被淋湿，二叔临下梯时，不小心滑了下来，左腿磕在地面的破瓦片上，一条长长的口子从腿上露了出来，能见到骨头。一时，血流满地，在雨水里红红的一大片。二叔没有流露出痛苦的表情，一声不吭、一跛一拐地朝家里走去。我望着地上被大雨溅起的血水，见他在雨地里挪动的左腿，他一定很疼。

后来，慢慢地明白了父母为什么不让我们兄弟在墙上写写画画。那堵墙是祖辈留给子孙的唯一的居所，也是留给子孙挡风避雨的墙，是一堵幸福的墙。住在墙内的家里，虽然是土坯墙的屋，露风破旧，我们一家人暖烘烘的，有说有笑，有情有爱。

有时，站在房前，伸手摸摸墙，回头望着门前不远处那些用岩石垒起的梯田，祖辈艰辛创业的故事，像是抹在这一块块的土坯墙上，墙老而耕辛，屋旧而人幸。

随着岁月慢慢老去，我们兄弟各自成家离开了老屋，离开那堵墙的生活，父母有时也随儿女到城里住上一段日子。于是，老家的墙任风吹雨打，烈日暴晒。久而久之，老墙外表的墙皮有些风化而脱落，雨淋而湿痕。哥哥说：“卖掉吧。”父亲瞅着我们兄弟几个没有多余的语言，好久说出三个字：“留着吧。”那墙有父母一生打拼的艰辛，也有我们童年的快乐。那墙是根的记忆，也是叶的归宿。

几年前的夏天，我回过老家，在村口碰上了二叔，二叔走路有点跛，见那道长长的伤痕，留在二叔的腿上，心中不由得生出对老墙的厚爱，对二叔护墙的感动。我跑到墙的跟前，望着儿时调皮的举动留下的画痕和近年被雨水淋湿的痕迹，心里不知是酸楚还是想起童年的时光，泪已从心里涌出，溢到脸上……

那墙或许在父母离开人间时，慢慢地坍塌；或是在一夜暴雨中，墙松土动，岌岌可危，最后，沦为破落的土堆……

栗　子

家乡的栗子，在湾里通常有两种叫法，一种叫早栗，另一种叫法不必过多解释，自然就是迟栗子了。

湾里人为什么这么叫，我一时也没问个清楚明白。这种叫法多是祖辈相传下来的，一直延续到现在。

记得不大点儿时，我问念过私塾的父亲，他很爽朗地回答着：一个早一个迟呗。我想，这在湾里算是最好的回答方式了。

栗子多数在九月初开学后的几天里，湾里人开始上山打栗子。那时田里的水稻金黄金黄的，湾里人打完栗子就准备收割水稻了。山上的栗子结得多的时候，打回的栗子堆在房间里，有时堵得连人都进不去。尤其在晚上，不小心碰上那毛毛的刺，你会“啊呀”一声叫起来。那时，母亲听到后拿着针跑了过来，在煤油灯下用手挤捏着皮肉，用针把扎进的刺儿挑出来。那刺从肉里出来的感觉，痒痒的，见皮上点点血丝，心里有种莫名的舒服。

家中的栗子多是煮着吃。生吃时甜甜的，有种脆脆的感觉，嚼起来别有一番滋味，但熟吃、生吃都不宜过多。这些年，身在外地，家中的栗子也吃得少了，偶尔见街头卖的栗子多是河北迁西的最多，而且多是炒熟的，摆在摊点儿上，有时出去买点儿回来，吃起来也有点儿老家的味道。但他们把栗子叫油栗，说这种栗子个个香甜饱满也好吃。所以，想吃的时候，不时地去街上那个地摊上买点回来，在家闲着没事的时候常拿起一个栗子在鼻前闻了又闻，闻着闻着，却闻出了老家栗子的清香，许是想起家乡的亲人来了。

读万卷书，行万里路。一次与朋友去京郊的山里采摘时，竟然发现那里的山上也有儿时见过的栗子。那个像母亲年龄大的老大娘坐在路边，跟前摆着那么大一个布袋子，里面全装着栗子。游人三五成群匆匆而过，却无人问津。我见大娘露出渴望的眼神儿，许是家中有些急用，想卖个辛苦钱。不然，这么大的岁数应该坐在家里享着清福了。

在摊前，我试着用手小心翼翼地剥开那个带毛刺的栗子，结果还是扎了一下。顿时手指生疼地痛。我用一个手指轻轻地摸着那扎进的刺儿，眼前仿佛听到母亲的脚步声。于是，我用嘴轻轻吹着，用指尖轻轻地拨动那肉里的刺儿。

那天，走了很远，我还回头看了那个大娘一眼，因天色暗了下来，也辨不清那个卖栗大娘的身影，许是她还坐在那儿，许是背着一袋没卖出去的栗子往回走，许是明天她还坐在那儿期待过路的游人，许是她一直叫着：香甜的栗子啊……

门前那棵柿子树

在国防大学学习时，见学员队门前有棵柿子树。柿子树不大，有碗口那么粗，集合站队，大家都爱站在柿子树前，有说有笑，等着指挥员的口令。

这棵柿子树不知是什么时候栽的，见周围一片绿草青青的植被，应是有年头了。柿子树的右边一角，有一块巨石，巨石的背侧记载着一群人的名字，名字多是一些将军或当时已是将军，想必是那时的学员那个时代那时的生活那个思维的一角……

我们到来时，树上结满了柿子，青青的，一堆一堆地挂在树枝上，压弯了枝丫，见它在微微的风中不停地晃动，真的担心在有风下雨的时候会折断而落，挤撞而掉……

不几天，柿子树上的柿子有点青白，树叶有些厚硬，阳光落在上面，一种不经意的样子，在初秋的风中一天一天地变熟。

站在门前，望着满是柿子的柿子树，看着小鸟不停地落来飞去，喳喳个不休。我想着这个和平的环境，安静的校园，鸟儿也沉浸在这种人与自然相互和谐的幸福中。

在树下，队里的几个学员也走了过来，望着树上的柿子，谈论着家乡的味道，也讲出儿时与伙伴们调皮地爬到树上摘柿子的情形。

柿子的种类很多，最惹人的应是大盘柿，个大、口感好，吃起来在嘴里甜丝丝的，主要产于华北一带。还有一些品种，比如山东的莲花柿、陕西泾阳的鸡心柿、浙江杭州古荡一带的方柿以及青岛的金瓶柿等，在当地都很盛名。数起柿子的品种，忽然，我想起了刘禹锡的《咏红柿子》："晓连星影出，晚带日光悬。本因遗采掇，翻自保天年。"那诗不知不觉从口中念了起来，还念出了声音。

回到班里，大家还对门前的柿子做了一番议论。那天夜里，我们从校园散步回来，见队长站在门前，在那里静静地立着。我望着天上满满的月亮，映在柿子树上，柿子像婴儿似的，个个静谧地在夜色的月光里，享受着亲人般的温暖。

"队长，不回家了？"一位同学上前打个招呼。

"不回去了。"队长干脆地回答着。

“家不在院校里？”

“在。”

说着，队长抬头望了下天空如柿的月亮，见我们进了楼道里，自己也跟着进了屋。想必是这样的夜晚，队长已经习惯了。

往后的日子，树上的柿子有的开始发点儿黄，树叶也透着几片红红的笑脸。有事没事的时候路过门前，不时地抬头张望这棵枝丫满结的柿子树，希望满树黄澄澄的，如吉庆的小灯笼裹在红红的树叶里，像醉人的少女端着一杯红红的葡萄酒，迎面而来……

没几天，期盼的事没了着落，心里总有一些惦念和不屈的心情。

那是周末，我们临走时还见树上满是柿子，虽然多数是发青的，但见一天比一天熟而渐黄地长在树上。可是，归队的时候，忽觉门前似乎少了什么，正在心里寻思着，突然见树上的柿子采摘得所剩无几，地上也是些打掉的树叶，折断的树枝还有几枝挂在树上。望着它，一种失望的情绪从心里丝丝泛起，不知是谁摘走了门前这棵像油画般的树上的柿子。

知情的同学说，是某些人趁周末大家不在时摘走的。柿子还是青的，得摘回去放熟了再吃。还有人在叹息，那个提早毁了一树柿子人的素质。不同的事情在不同的场合，人的欲望在物欲的诱惑下，善良与朴实是挡不住的。我也见有人这么说过，“看，那人的素质”。甚至有些高素质的人也从心里发出这样的言语。人的本质厚道而善良，这种朴实的善良和传统的厚道，即使在约束的环境里，也难抵得住物质的诱惑和金钱拥有的欲望。生活中，我见过那些受过良好教育心很忠诚的人，也见过坐在台上说得像“八哥”的声音，台下背离党性原则，失去了家庭幸福的“同志”。

在回味着人的道义的同时，我望着门前的柿子树，那叶红残枝的树头上零星的还有那么三两个，高高地悬挂着，那是对树的眷恋，对成熟的向往。

“洲白芦花吐，园红柿叶稀。”或许，每当柿子叶红依稀飘落的季节，我便想起学员队门前那棵柿子树，也念念不忘那个守职的队长，那些普普通通的人在不起眼的岗位上履行着自己的职责……

门前那棵银杏树

门前那棵银杏树，上千年了。父亲说，爷爷记事起就得三个大人伸手合围起来，都没能抱得过来。但至于这棵银杏树是什么时候栽的，没人回答得清楚，也无法考证。

银杏树长在池塘的边沿，树干直通天空，抬头望去，那树密密匝匝，看不到上边的云，也瞅不到早晨出来的太阳，阳光偶尔从树叶的缝隙射来，那光线五彩斑斓，像多彩的小花伞，光线温暖而绚丽，灿烂而多情。远远望去，银杏的树枝有小盆那么粗，像把倒撑的巨伞，一半伸向旁边的池塘中，一半伸到路旁的稻田上。

记得在夏天，湾里最热闹的是在银杏树的下面乘凉拉家常。有时晚饭还没吃，就有大人或小孩搬着自家的板凳，放在树下宽敞的位置提前占好，吃完晚饭后再坐在那里闲聊，有的人还端着碗一直聊到后半夜才起身回去。

那时，湾里人多。几乎没有外出打工的，饭后坐在那里“张家长李家短”地聊着，男人抽着旱烟，女人纳着鞋底儿。聊了这家聊那家，说完儿媳谈婆婆，热闹时，大人们还兴奋地唱起山歌，抱着孩子的妇女，孩子熟睡在自己怀里也没进屋放在床上让孩子睡下。一到夏天，每次树下的人都很晚很晚散去。

那棵蓬勃密匝的银杏树，一枝枝粗壮伸展，像小伙子的腰，刚劲有力，积极向上，一簇簇树叶密密地挤在一起，像绿色的花瓣，点缀着树的生命、树的气息、树的旺盛。

白天，胆大的孩子借着梯子爬上去，沿树干向池塘的上方移着，并向下面的孩子喊着，扑通一声，从树丫上跳进池塘里再游到塘埂边，一些小点儿的孩子们见了，拍手叫好，大人们看到，跑过来拉着自家的孩子一顿狠打，让孩子长些记性，没几天孩子依然爬在树上，依然玩着跳水的把戏。

白天，喜鹊经常飞过来，落在银杏树上叽叽喳喳地叫个不停。夜晚，夏天的萤火虫最为忙碌，比着劲儿地飞到树上，一亮一暗的，一闪一闪的，发着绿蓝色的荧光。那光，像绿色的宝石缀在树上，满树荧光闪烁。夜晚，那树叶美得透不过气来；那光，似西方的“圣诞树”，耀眼着节日的盛装，给湾里人带来幸福的光芒……

在秋天，那满树金黄色的扇形叶子，像沉甸甸的金子，挂在树上，在阳光的照射下格外耀眼，黄得尊贵，黄得雍容，黄得高雅，黄得淡定，在微风轻轻地吹拂下，树叶一片片从空中飘下来，那样地轻盈、那样地从容、那样地洒脱，像黄色的蝴蝶，在空中轻柔曼舞，又似风韵的少妇在树枝前拂袖伸展。那叶，飘零在地上，像一张黄色的地毯，厚厚的，一叶覆盖一叶，一叶叠上一叶，黄黄的，踩在上面嘎吱嘎吱地响。于是，我在众多赞美银杏树的诗词中寻找，还是喜欢李清照写的那句，“风韵雍容未甚都，尊前甘桔可为奴”。她把银杏树的华贵，赞美得淋漓尽致。

树上结的白果，一到秋后沉甸甸的，稍有点儿风吹，白果就从树上掉了下来，一个个地摔在地上，一堆堆的，像淡黄色的珍珠。掉在地上的果实，有的圆圆的，滚成一堆；有的裂开了口子，露出了白果。湾里人见了，急忙回到家里，拿起菜篓子，用手一把把地捡起来，放进篓子里，在池塘里洗净。然后，把洗好的白果倒在平地上，晾干后去集市卖个好价钱。那是湾里人一年的油盐钱，也是为家里读书的孩子积攒的学费钱。

母爱如衣

当夜色把夕阳留下的最后一束余晖抹去时，我站在北方的一条河边，心有思绪地凝视着故乡飘来的云。那云静静地落在远处的山上，像老家湾里人的眼睛，流露着思念的情怀。

于是，我立在那里，心里不断地念着家中的母亲……

母亲在湾里为人厚道，心地善良。她常饿着肚子为儿女的成长上山砍柴，下地干着粗活儿，她东跑西奔，肩担背扛，不辞辛劳地在风中雨里，与男人们一样，挑起家中养家糊口的重担。

有人说心有宁静，港湾才有深情；手存余温，情感才会暖心。有时，我见母亲挑着柴火从山中走来，那情景犹如一幅山村间的油画。偷闲的人见了，心有所动；忙碌的人路过，称生活本身是歌；有情感的人碰见，说那是爱的心窝；酸累的人称这就是自己生活的写照。

为此，我常倚在门边，思念着那种情景，那种山里人的精神，心里似夜静如灯芯般的明亮……

于是，在多年的奢望中，那一夜，我心轻如絮般地踩在家乡的路上，踏在回乡的途中，想跪在母亲的面前，问一声，身累吗？脚酸吗？还经常上山肩挑那些柴火吗？

或许，母亲爽朗朗地笑着："不累，妈心里不累。"

说着，母亲的泪如雨般地滴着，它滴进了孩儿的心窝里。那泪像一层防寒的衣裳，永远护在心里。

那片小竹

春天到来时，庭前那片小竹，不知不觉中变得青翠而又嫩绿，一簇簇地挺拔在那里，让人目睹后，忽然觉得那片小竹也有些春意盎然的气息。

休息时，我常跑到小竹的跟前，瞅着竹叶，有时无语而对，相视而默，有时无意间伸手摸摸眼前的竹叶，那冒出来的嫩嫩的竹芽。忽然想起苏轼的《记承天寺夜游》里的诗句："庭下如积水空明，水中藻荇交横，盖竹柏影也。"真是难得一份好心情，一份清闲之心。

有时目睹眼前的情景，却想起老家田边的那片小竹来。那竹长得细长，竹叶青绿硕大，有时摘一叶放在鼻子前一闻，清香清香的。那是湾里人包粽子用的竹叶，每年端午节前，左邻右舍都去采点儿回来，在家用它包上粽子……

记得是好几年前的事了，那时我在一个山头连队任职。母亲说：“北方没有竹子，端午节前给你摘些竹叶寄去好包粽子。”母亲说家乡的竹叶包起粽子好吃。那年端午节前，母亲还真从老家寄了些竹叶过来。那竹叶是母亲从家乡田边里采摘来的，我们把母亲寄来的竹叶泡在清水里，那竹叶青青的，一股香气顿时从水盆里散了出来，瞬时溢满了房间。那年，我们用母亲寄来的竹叶包的粽子，吃起来清香可口，味道甜丝丝的。

今年又快端午节了，我站在门前那片小竹旁想着母亲，也想着那年清香的竹叶，那个香味儿，那个糯米包的粽子。

于是，我又跑到附近的一个公园，在那个长有竹子的园子里，我轻轻地扯了几片细细的竹叶，捏在手里，静静地站在那里，思着家乡的那片叶大的小竹……

那树正红

昨夜，一个多年未见的同学打来了电话，问我还记得他不。他说，他叫什么什么名字，家住哪儿，电话里说我去他家时的情景。

同学的声音，听起来虽厚重一些，但基本上没什么改变。这种乡音，在远远的距离那头传来，显得格外亲切。电话里我们聊起上学时的事，还谈到他桌后的同学。那同学是个女生，那时在男同学的眼里，她是个活泼阳光的女孩子，笑时甜甜的，同学们都想多看她几眼。

同学的电话让我泛起了乡情中的记忆，多年未联系，心里仍存一池静水。

记得是一年秋天，天凉了些，是否是深秋后的天气，记得不很准确。那年，正在县城读高中，父亲在湖北省罗田县一带烧炭，带了些湾里的人，我在那里做一些小工，快开学的时候，父亲让我回家准备上学。

那天，在返回家乡的路上，路过一个湾里。那湾里旁边有一个池塘，汽车刚路过池塘时，忽然发觉房屋前一棵红红的枫树。那树映在水面，静得像幅美丽的山水画，旁边土墙做的破旧瓦屋跃入眼帘，显得是不一样的情景。正当汽车快要开过去时，一个女孩穿着红红的秋衫从那土墙的瓦屋里冲了出来，显得格外抢眼。她跑出来是因为她的父亲，想必是她的父亲刚从菜园里回来，手里提着一些从菜园里摘回的青菜。

女孩从屋里跑出门的一瞬间，我眼睛一亮，那不是班里的同学吗，她家住在这里？

在车上，多想让司机停下来，喊她一声。但车速的无情，让急切的心有些发凉，顿时心里有一丝伤感。

我回头瞅见她时，她正从父亲手上接过青菜。在车上，我想喊她一声，但终究没能开口。

汽车过了好几个村庄，我还在不时地回望，那池塘边的红叶，像泛起的思绪在心里丝丝缠绕，那树红啊，红得心跳，红得脸热，红得在记忆中难以抹去……

回到学校，在班里，我望她身着那天的红衫，在班里不时传来甜甜的笑声，好想瞅着机会碰上面时告诉她，我到过你家门口了，或是在班里对同桌讲，我知道谁谁住在哪儿了，还看到她的父亲……那话在嘴边，几十年一直压在心底。

人一生的记忆很多，但能在心上挂着几件的却少，如那树红叶，在陈年的印象里，似玫红的酒，醉人，也人醉……

是年不忙的时候，想回老家一趟，看看红叶，瞅瞅乡情。或许那树还在，叶子正红如霞……

那碗拉面

都说河南人爱吃面，可我这个河南人一年吃面的次数屈指可数，细想起来，一年不超过六七次。有时还是碍于情面无奈地端起那盛满面食的碗，勉强地吃下去，但多数也只是喝口碗里的汤水，面食剩在碗里。

面对于我来说，一年不闻没什么想念，偶尔吃顿饺子或馅饼，还能动动筷子。平日最不喜欢吃面条、馒头之类。也有人说，你一个河南人，怎么不吃面呢？我望着他常解释半天，不知是他的地理知识少，还是总那么武断地认为河南人都爱吃面。

生活中，在一个地域大多数人常形成一种习惯，或吃面食或不吃面食。但也有少数人或少数地域生活与多数人的生活习性是一样的。诸如一家亲兄弟，有的人爱吃猪肉，有的人闻到猪肉那种油腻的味儿后就会发生“呕吐”的生理反应。

其实吃面，爱吃与不爱吃，属祖辈的传承，也属于打小时养成的生活习惯。

在我国，吃面与吃米的生活界定，大致有个地理位置的分界线。除东北外，我国大部分地区人们生活中的主食是以面食为主还是米饭为主，基本上是以秦岭淮河为界。以北生产小麦，生活常以面食为主，以南种植水稻，多是以吃米饭为生。

我老家河南新县，虽为山区，但处于我国地理分界线秦岭淮河以南，属亚热带气候，基本以产水稻为主，一年两季。据父辈讲，过去还栽过三季稻。所以，河南爱吃米饭的人，应生长在信阳以南一带。那里的人有爱吃米饭的习惯，他们中的一些人即使在外地，也长年习性未改。

有时出差在外，每每工作到吃饭时，或去个小店就餐，我便向服务人员点碗米饭。

一次，与同事出差到鲁苏一带，见同事多次在我面前念叨吃碗面条去，他见我没有反应，往后的几天也没再提了。到了晚上我们从一个单位回来，路上肚子饿得咕噜咕噜地乱叫，见不远处有家拉面馆，便走了进去。同事奇怪地看着我，你不是不吃面条吗？怎么吃起拉面来了？我望着他没有说话，直接点了份牛肉拉面。面好不好吃，我不太清楚。那晚，一碗牛肉面端来，他们刚要动筷，我却半碗进了肚子里，最后倒上点儿平日不爱吃的醋，连汤带水一口不剩地吃个精光。同事见我吃得那么干净，那么狼吞虎咽，睃了我一眼不知想说什么……

那晚，在鲁苏一带，我尝到了面食的滋味；那晚，在一家小店，我端起平时不爱吃的拉面之碗；那晚，在一个很晚的路上，我却改变了平日的习惯；那晚，同事跟我出差多日，终于吃了一顿饱饭……

那座城呢

在戈壁、在荒野，我曾站在那些古城的遗址旁，蹲下身子用手翻出埋在地下的那块残缺的瓦片时，想听听久远的歌声，那时的商业喧闹，却不见城墙的砖土。于是，目睹不远处，又见几块破烂的瓦片，便立在那里思着城的消失，心中百思不解地想探究那时的历史根源。

我曾走进一个高原的土堆里，仰望风残的痕迹，总想解开那时的牛羊肥壮、人声鼎沸的居民生活。可是，因历史消失得无踪无痕，却难寻月缺星落之梦。

我曾想，那座城呢？人呢？是战争的摧残，让人离乡背井，还是商业的兴起，让人举家迁徙？是炎日所迫，还是阴雾的弥漫让人无法生存？是穷得无奈或是灾难横行？我曾经翻阅过历史，也询问过学者，甚至对道途传说的东西，也要费上半天工夫，去追踪溯源。

有时，我跑到西部的边陲，想从那里寻求结果。又去沙漠，想翻点人文的记忆。有时在往返的路上，见一些村子东倒西歪，早无人烟，便询问当地的朋友。

朋友说：“这里穷，人们早都不在这里住了。”

回来的路上，心中念着那个村子，想着朋友的话，一直默默地在心里探索着那些没落的城市和村庄。

直到今年的除夕之夜，我的心里才有点儿茅塞顿开。当身处异地望着冷清的夜空，想起了童年的爆竹声、那柴火烧得噼里啪啦的炖肉声，仿佛在向往城市的生活中找到了答案。原来那么大的一个村庄，如今已没几户人家在那里居住了。

心想，树老了，自然要枯萎；村老了，自然要衰落；家老了，自然会破旧；人老了，自然会离去……枯萎是为了朽木逢春，衰落是为了新的兴起，破旧是为了除弊革新、繁衍新一代的希望……

于是，那座城呢？它在历史的使命中已深深地扎进泥土里，散落在人们的记忆。它在历史的阳光下又孕育了新的气息，新的勃勃生机。

南京的雨

没去过南京，不知南京的雨是什么样子。在心里，总是念叨，总是惦记，细数着南京的雨，渴望心身轻闲的时候抽空去一趟，身临其境地领略一下，那场雨的伤痕，雨的倾诉，雨的坚强生命……

一年前的今天，我去了一趟南京，说是去看一看、转一转。其实是了却心里的那个惦念。那天，战友接我时有些埋怨，他接过手中的包对我说："黄土快埋到舌头了，你才来南京。"我无奈地冲着他说："真想来，总是抽不开身。"接着又补上一句，"不知明日有雨不？"

战友疑惑地望着我，没有回答。于是，我俩边走边聊多年前的往事，寒暄中总是流露着一些遗憾的情怀，说是来得不是时候，天气有些不太好，阴沉沉的，像要下雨。

提起雨，我无意地抬起头望着天，天空那块灰蒙蒙的云，像涂抹铅色的布，置顶着满条街道的上空。那云有没有雨我不清楚，但没见落下来。或许是夜里，梦睡的时候依稀地下着；或许是明天的早晨，风起的时候，能刮下雨滴。想着想着，心中渴盼的雨，仿佛已从久等的心里有了着落。自然而然，会在南京的天空上，遇上这么一场雨，让雨点滴打，满街而下……

那是多么解渴心头的渴望、雨水滴淌的情结啊！

战友是地道的南京人，祖祖辈辈都住在那里。对雨，没那么稀奇，也没那么心恋物究，揪心难眠。可战友向我诉叙南京城外那场雨天里的浩劫，让我揪心了二十多年，也让我二十多年来在有雨没雨的天气里，站在异地想倾听雨的声音、雨的叹息、雨的抗争与惊怒。于是，心里总是泛起南京城里城外那段一幕幕血风的雨、命运多舛的雨，那段贫穷的凌欺、落后的掳掠，历史难以抹平的雨。

那是在一座小城，战友听说我在那里工作，大老远跑过来看我，说是叙叙旧。我印象中战友是从南京赶来的，说是年底想转业，顺道过来看看我。那夜，我俩长话短捻、言古扯今、东谈西语，不知什么时候聊起家乡的事。

那个历史的故事，是战友的爷爷讲给他父亲听的，后来他的父亲又把雨天里的故事传给了他，他时常愤怒地又讲给身边的战友。

那年，南京被鬼子兵攻陷已有多日。那天天在下雨，杀戮奸淫的淫威声在城里每个角落让人毛骨悚然。在逃命的躲藏中，他的爷爷见七八个鬼子兵在城外不远处，用刺刀一连挑了四五个逃不动的老人、妇女和孩子，见血从刺进的刺刀里直喷出来，血在刀刃上不断地滴落着，在雨水的淋落下，溅在地上像天上下起的“血雨”，瞬间地面上、墙角旁、石阶中、尸堆里，红红的，一摊一摊的。那天，这帮兽行的鬼子兵在雨中，一个孩子也没放过。一时间，那雨，像上帝丢失的魂，让无助的百姓在兽行的枪刺下，只能把怒吼的血喷了出来，洒在雨地里，任雨冲打，任风呼叫，任人宰割；那雨，像是告诫善良的中国人，贫穷哪有说理，软弱自遭凌欺啊。

那天，雨水染遍了南京的城池，见证了一场惨绝人寰的血腥屠杀与辱掠奸淫；那天，雨水染遍了一代代人的记忆，让无数支离破碎的家庭，在难填心里的那条历史的沟壑中，酝酿生命的翅膀，在风雨中坚挺民族的脊梁。

早晨，我起得很早，走出宾馆见街上地面很湿。抬头见天，有些雨雾般的潮湿扑在脸上。见不远处有一树红叶长在街道一旁，走上前去凑近一看，满树水滴挂在红叶上，缀而不掉，露而不滴，像雨的精灵，红红地映在城市的道边，让游人停下了脚步，肃穆一旁，像是对先烈们的哀思。

我仔细地瞅着，想着南京的雨，望着满街的梧桐树，那黄黄的树叶都沉浸在毛毛的雨丝中，可那个动人的爱情故事，在这样的雨中即使有忠贞的爱，也了无生命的光环。站在总统府门前，迎着细飘的雨滴，那里面有多少怨恨，多少无能，多少豪情与拼杀，却被淋湿的墙角暴露得淋漓尽致。

雨，在中国的土地上没什么两样。有细细的、斜斜的，有急促的、瓢泼的，有绵延的、雷阵的……可是，南京的雨是个什么样子，胸无点墨的人，哪知"寒雨连江夜入吴"的痛；不见历史的人，哪知"山河破碎风飘絮"的恨；奴颜婢膝的人，已被雨淋得麻木，不知爹娘。对雨，一些人哪知它的悲壮，它的哀鸣，它的抗争，它坚强地孕育着新的生命。站在街上，望着淅淅沥沥的小雨，仿佛像三十万同胞的眼睛，清晰明澈，噙着生命的泪水，倾诉着屈辱的经历；站在街上，迎着雨的飘抚，仿佛像在谱着忧伤的曲子，缭绕心田，让人感觉到爱国的味道。望着这场不大的小雨，穿着浑身淋透的衣服，在南京我倾听到了雨的声音。

于是，走进夫子庙，那千年的神灵也没能阻止兽行的暴戾恣睢；叩见中山陵，先生的遗训在那块残砖瓦片上，只剩下后者为逝者的哀思；我登上素有天文台之称的紫金山上，想聆听着雨的天音，却被南京的记忆逼近胸前给人历史般的警醒。

雨，仍在下着，斜着而来，穿过树枝，掉落在草丛中、行人里、地面上，滴在一个个炎黄子孙的心里，也滴进历史的书卷，书写红色的记忆。

那夜，站在雨花台上，我听到了雨的泣声，像缕缕血红的丝，静静飘来……

期　待

小时家贫，每到年关，常见邻家的哥哥外出归来，拎着大包小包，一家人欢欢喜喜，高兴得合不拢嘴。父亲见后在家里叹气地说："看，邻家的孩子长大了，能在外面挣钱回来。"说完，父亲望着我们几个不大点儿的兄弟，嘴里又不停地念着："过几年，孩子长大了也能挣钱为家里添点油盐钱了。"那时，我才知道父母的心思是期待我们快快长大，成家立业，为父母分忧，为家里尽份孝心。

后来，我们考上了中学，父母的心思也变了。见我们成绩不错，前途有望，期望我们能考上大学，在村里出人头地，父母觉得这样脸上有光。于是，每年正月十五刚过，父亲背起了母亲为他准备的那床多年洗洗补补的旧被子，开始远走他乡，为儿女劳苦奔波，为幸福生活外出打杂儿。

慢慢地，我们读懂父母的心思后，心里也长满了与父母一样的心愿，不知何日何时心里也有了一种期待，期待自己走出大山，走出那个生我养我不能糊口的山村。

父母见我们长大了，也上了大学，可家里不但没有富裕起来，反而一贫如洗。父母觉得生活了一辈子，儿女大了，家里还过得是那么辛苦，生活还是没有一个着落。愁的滋味在心里喋喋不休，期待的心事接踵而至。

在大学里，我也渐渐明白，期待是闷在心里的一种夙愿，也是人在五颜六色的世界里怀着一种不同的心思。或在抬眼张望什么，或在不定的地方徘徊什么，或在心里时时惦记什么。它千种万情，心挂不一。有的期盼心中的事早日浮现眼前，有的期望早点给亲人带来幸福和快乐，有的祈求幸福的日子平平安安地到来。但期待的心思一旦在心里煎熬着，等待就成了伤心之地，有时是那样地无奈，让人干巴巴地瞅着。

毕业后，有年回到老家，一进门见父母满眼含泪，不时地用手擦着。抬眼瞅去，那溢出的眼泪是多年思儿的泪水，也是望眼欲穿的眼泪。在家里，见父母吃力地烧火做饭，顿感父母在心中埋藏的不是物质的添加和给予，而是亲情的絮叨与常往。这是心在期盼，是血液在张望，是情在缠绵，有时等来的没了指望，牵挂在心里难以挥去那种心情。

往后，成了家，有了女儿。身在异地，常望着如钩的月牙儿，心里也莫明其妙地产生了想家的感觉。于是，心里开始期待周末的到来，或是能有一个假期，盼着日子，掰着指头巴望着团圆的夜……

青岛女孩

在青岛去黄岛的那天，见金沙滩有个守摊的女孩。女孩叫什么，没有往深处细问，她多大岁数就开始在海边守摊挣钱，为家庭昼出夜归、积攒着生活的费用，我既没有去与这个一面之缘的女孩聊上几句，了解一些她的生活，也没想刻意地在心里记住这个女孩。

但那天，她那真诚的脸，带着腼腆的笑意，让人惊讶地发现海滩的景边，那些参差不齐的商贩，还有这么一个善良的女孩……

黄岛的金沙滩在青岛是一个有名的景区，离海边不远处的沙滩上有一块石头立在那里，石头的周围用几根树木栅栏围起来，上面用红红的颜色书写着“金沙滩”三个字。那个女孩就在这个石头的后面招揽客人。

女孩接待游客总是那么地笑容可掬，那么地灿烂待人。她声细语柔，要价实惠，让人觉得她心诚可靠、落落大方，相比之下要比其他拉客的人让人心里舒服得多了。

那天在海边，刚进景区门口，有几个妇女总是纠缠着我们，拉着我们到她的摊点儿上去，说自己紧靠海边位置最好，价格上也比其他人的摊位要优惠得多，一个摊位每人要三四百元，还说这是照顾我们远道而来的游客。

我见招揽游客的几位妇女一直这么纠缠着，对她们说：“我们去海边看看再说。”但那两三个妇女，仍紧跟我们的后面纠缠不放。后来，见我们径直走到海边不再理她们，也就知趣地离开了。

沿海边走着，望着海水冲在岸边上的浪，一边兴奋着，一边喊叫起来。于是，便沿着岸边朝一个插满太阳伞的地方走去。

海滩上男的女的人头攒动，游人如织。放眼望去有的刨起了沙坑，埋在那里只剩下一个脑袋；有的穿着泳衣，躺在太阳伞下吹着海风；有的在海边戏水，任凭海浪冲着；有的游在海的深处，嬉戏着、打闹着、游玩着……我见一个年轻的女子带着孩子在海边玩耍着，海浪冲湿了她们的衣裙，细沙沾满了她们的双脚，她们走在沙滩上，像踩在柔软的米粒上，是那样地舒坦、那样地细腻、那样地撩人。正在沙滩上瞅着起劲儿，突然，一位女孩向我走了过来，冲我问着。

“租伞吗？”

“多少钱？”

“三百元两小时。”

我望着她疑惑地问：“一个人吗？”

“不是，你们五人一共三百块。”

她瞅着我们又补了一句：“用三个小时吧。”

听了女孩的话，想起刚才那几个妇女一人要二三百元，心里有些激动，连忙让她给我们找了个遮阴的地方。我见她在指定的位置旁摆着桌椅，愉悦地放下了旅行包，往岸边的浪中走去。

浪一个接一个地冲来，海水打湿了裤腿，我挽起裤子，冲着太阳伞下的亲人笑着，示意他们到沙滩上走走。于是，我从沙滩的这头走到那头后，又回到原来的地方。

坐在沙滩的椅子上，我望着那个女孩一边招揽客人，一边告知游人注意安全，防止上当受骗。

那女孩心地善良，为人厚道，一双大眼睛，像蔚蓝的海，纯洁无瑕，温柔似水，让人明亮，让人心安。

她一直在沙滩边来回地走着，游人来了，她礼貌地迎了上去：“要租伞吗？”

见有的游客摆摆手，她若无其事地朝另一个游客走了过去，望着她那样地待人，心里有种欣慰的感觉，不禁地叹道，这样的旅游旺季，还有这样待客的女孩，是多么不易啊。

在去另一个景点的路上，一直惦念这个女孩，也想在另一个景点能遇上像她一样热情待客的当地人。

这几年，游人在一些景区被宰的现象屡见不鲜，拉客宰客让一些游客愤愤不平，也深恶痛绝。五十元的位子，他收三五百元的费用；三分钟的路程，能绕道大半个小时；一碗海鲜面，少则几百元，多则宰到上千元……

几天后，心里还一直感慨着。说起游玩，大家对美好的景色都有一种期待和向往，在背起行囊到一个陌生的地方时，不被欺生、不被宰、不被欺骗，不在旅行的途中留有伤心的心情，身在异地感到那里吃的、喝的、玩的要价合理，买卖公平，使自己游得快乐、玩得舒畅，是多么让人惬意啊。

正如那个青岛女孩，给人一个厚道经营的印象。

惹人的秋

站在门前的树荫底下，一点儿凉风吹进衣服里，突然觉得身上凉凉的，爽爽的。

我抬头望着院落的树上，不知什么时候，一枝似玫瑰般的树叶，在众多的杈丫上，辉映着秋的情怀、秋的色彩……那树上的叶子不知不觉中开始红了，而且红得是那样惹人喜爱，就那么一枝挂在树梢上，让人不禁想象秋天的到来。

秋天来了，我却坐在家里。在老家、在乡村、在广袤的山上地里，应是硕果累累的季节，到处瓜果飘香，到处有收割的景象。

于是，我跑到郊外的村庄里，看着那张幸福的笑脸攀爬在丰收的果园里，细锄在耕作的田地中，那欢乐的笑语，那吟吟的歌声，弥漫在田间地头，荡漾在愉悦的心间。

这就是秋啊。是人生中的守望，也是心灵间的静候。你付出了，它钟情于你；你努力了，它伸出红叶向你招展。

在回来的路上，我还思着家门前的那树，那枝红红的树叶，像秋天的果实惹人欢喜，也预示着一年的收成到来。

想着它，我在心里细数着，从忙碌的时间开始，从春天的脚步声开始，从成熟的岁月开始……

散落的花瓣

“去看看那个孩子是不是有些伤心事。”明望着那孩子在学校门口的一个拐角里低头撕扯着手中的鲜花，见地上满是花瓣对我说。

那花红红的，那孩子还在不停地揪扯着。

那花落在地上，心事也散落在地上，像无助的人遇事在心里打卷。

我去抚摸孩子时，那孩子脸上已有了泪痕，顺眼而流的两道已干了多时。是哭了吧，难怪明说那孩子有伤心的事儿。明还说，不然好端端的花朵，怎么被撕扯成那样呢？

我试着凑近那孩子想沟通起来，在不存介意的心里，那孩机警地投来多疑的目光，不愿向一个陌生的路人吐露着心里伤心的事情。

孩子对一个陌生人心存警惕实属正常的心理反应。因为没有与那孩子建立起相互信任的桥梁，他当然会投来多疑的目光。

那天，孩子手持鲜花是要他的爸爸送给他的老师。俩人约好在学校附近的一个地方见面，可孩子到那里等了很久也没见爸爸的影子。他见人群都散尽了，还没见爸爸到来，那孩子心感委屈地揪起了怀里的鲜花，一瓣一瓣地扯着，扔下了一地的伤心。

我见他望着那红红的花瓣，泪又开始在眼眶里打转……

于是，他伸手在眼眶里来回地抹着，手中的花也散落在身后，一瓣一瓣地，像飘落的雨滴……

山茶花开

儿时的记忆，有些模糊，怎么也想不起来，家中山上的山茶树，开着红色的花朵。

印象中，山茶树是开着白色的花儿。那花在深秋的末尾绽放，满山白茫茫一片，蔚为壮观。有时，也开在寒冬的天气里，如天空下着白雪，飘在树上，漫山遍野，洁白得像春天里盛开的梨花。那时，蜜蜂一只接着一只飞来，成群结队，在采着自个儿的蜜汁。有时，我们将蜂赶走，伸手把山茶树枝拽过来，张开嘴吸着花里的蜜。那蜜香醇可口，甜到嗓子里。

记忆中，难见山茶花开着红红的花朵。今在老家的山上见伸出一枝红色的花蕾，顿时心中惊讶不已，暗暗地在一旁嘲笑自己的孤陋寡闻，见识不广。不知谁望我说，“是你记错了吧，茶树开红色的花多得是”。说完，他指着不远处，一棵棵，一簇簇，一丛丛，在那里尽情地开着，我竟然没发现。

抬头见眼前的山茶花开得红艳艳的，真是有些喜人。于是，我走上前去抚摸着那一朵朵红红的蓓蕾，想着明年的果实，心想那一定是个丰收的年景。

那花，厚密。湾里人在期盼着、心里也在巴望着那个结满茶子的好年景……

山村的小路

山村那条小路，叙述着童年的记忆，也封存了童年的辛酸。

那是祖辈留下的路，是湾里人生活的路，也是一条辛苦奔波的路。沿着它，翻过一座座山，跨过一条条沟，迈过一道道坎，路如心海，宽如心阔。于是，路会越走越宽，越走越坦。

那条小路，像海里的一条小船，在静水中漂游，在汹涛中迎浪，在海风中摇曳，驰向久等的岸边……

那条小路，在儿时的生活中像渴望的眼睛，思考着另一端的希望。

于是，在走近路的那端，发觉生活原来是那么坎坷，那么地艰辛。在汗水如雨的日子里，慢慢地学会了坚强；在酸楚艰难的时刻，也懂得了努力和珍惜。慢慢地，在那条小路上，从懦弱到刚强，从无知到忍让，从屈服到感恩，学会了耕耘，也懂得了播种。有时像阳光照在脸上，赶走了心中寂寞的影子，也露出了一脸生活中的希冀。

后来，山村那条小路，在成长的心中像一个个激励的故事，又像是一曲曲励志的歌谣，延伸在红色的血液里，滋润着身体的筋骨，积攒着心灵的宽厚，也给日后的生活增添了一双坚强的翅膀，能让自己在风雨中自由自在地飞翔。

山那边是海

海是什么，山这边的人没见过。山里人只知道山下有河，河的上边是山沟，下雨天，山沟里往下流了很大的水。

山里人听说过海，但山村里谁也不知道海是什么个模样，海水是涩是咸浑然不知。都说海很大，水很多，还有人讲，山沟里的雨水都被大海吸去了。说这些话的人，都是从长辈的长辈那里传下来的，他们常在冬天的火炉旁扯起闲话，或是饭后的拉家常中，讲述海的故事、海的情结、海的猜想，自然心中便对海产生了向往。

在山村里，海的传说几乎每户人家多多少少有些印象。好奇的孩子们背着大人，自个儿爬到山村后面的大山上去看海。他们爬上这山，发觉对面的大山比眼下这座大山还要高些，他们不知疲惫地攀爬过去，攀上后又见前面的山仍是高不可攀，仍旧依然爬去……天黑了，他们一连爬过好几座大山，仍就没看到海的影子，海水的气息，海里漂游的商船。

那天已近夜里，孩子们还没有回家，心急的大人们不知孩子因何不见了，也不知孩子们去了哪里，做些什么。几个家庭的大人打着火把上山各自叫喊着自己孩子的名字。狼或野毛狗曾在村子周围活动过，大人们怀疑孩子们被狼叼走了，不然孩子去哪了呢？怎么没听见孩子的哭叫声呢？大人们开始担心起自家的孩子来……

那晚，夜很深了，孩子们才摸着夜路回来。他们见山村后山的火把，兴奋地叫了起来，“我们在这儿！”“我们看海去了！”

大人们听孩子们喊着看海去了，使劲地喊着：“看到了吗？”“看到了吗？”大人们完全忘记寻找孩子的苦累心情，急切地想从孩子那里得知海的情况……

山村里讲海的事儿，不止一天两天了。大人们聚在一起常讲自己儿时的故事，我听完这些关于海的“传说”后，费了半天劲儿爬到村后的那座大山上，坐在山顶凝视远方，流露着对海的心思。

我见眼前的山，一座连一座，望了这座，山的后面还是一座。海是什么样子呢？我坐在山顶用手托着腮帮细想，那边也是山吗？海水去哪儿了呢？一些幼稚的疑问潮水般地从心中泛起，思绪穿过大山后的大山，奔向海的跟前；心思越过一座又一座山峦，直扑海的方向；脑海闪着一道又一道山梁，泛起海的波澜。

我坐在山顶上，望着天空。云去了，杳无音讯，我没见带回海的消息；风去了，无踪无影，也没捎来海水的腥味儿。我望着蓝蓝的天空，你是海吗？

回到家里，我告诉母亲，说山上根本看不到海。母亲说：“多爬几座。”

我望着母亲：“山那边不是海，望到天边还是山。”母亲瞅着我，有一声没一声地回答：“你会看到的，妈妈这辈人是没指望见到海了，你要好好上学，将来看到大海给妈写个信儿。”我见母亲说这话时，是那么无奈，也是那么地期待。

往后，我上了中学，也是山村里第一个在县城上学的孩子。那时，在课本上有一篇《老人与海》的故事，心里才知海是那么遥远，那么广阔，那样地蔚蓝。

记得当兵入伍那天，山村里的叔伯婶子与童年的伙伴都来家里相送，说我是山村里第一个走出的山里人，说我这次出去能见到大海的模样。

母亲说：“见到海与见不到海，都要好好干。”我望着母亲心里有些酸楚，也更加对海产生了渴望，那也是母亲的渴望啊。

在连队，我没想到驻地的山比家乡里的山还要高大，还要陡峭，还要崇山峻岭。给母亲去信儿时，没提海的事，也没有涉及营区后面的山。但海一直装在心里，它像山村人看到海就像看到生活的希望一样。

见到海，是我入伍一年后的一个日子，站在海边才知海的凶猛，海的激浪，海的湛蓝，海的威严。

那年，部队去渤海打靶。班长说，这下能吃上海鲜了。我愣愣地望着班长：“能见到海不？”

班长来自海边，他瞅着我说：“说不好。”班长见我变了脸色，又补了一句：“靶打好，部队放假一天，去海边看看。”言外之意，打不好别想去了。那几天，我在心里盼望着连队打出好成绩，也希望能发发命中。

那天在靶场，连队打了一发哑弹，有枚导弹飞到空中没有爆炸。当时，我的心一下子凉到脚底，觉得这下看海没戏了。结果，上级放录像时，发现导弹穿透目标没爆炸，不是我们连跟踪的问题。消息一公布，部队一下子沸腾起来。心想，这下可以见到海了。

在海边，海水潮湿的气息扑鼻而来。我急忙奔到海边，踩在细软的沙滩上，掬了一口海水。

“呀！海水是咸的。”连长见我惊叫起来，以为出了什么事情，连忙和班长跑了过来。我对连长重复海水的味道后，他听了哈哈大笑，班长却在一旁不屑地看着我。

那晚，我给母亲去了一封信，说海水是咸的，并讲了海的涛声、海的颜色、海的宽广、海的美丽，还有很多海边的事情和连队的故事。

母亲请人写来的回信里，提起山村里的事，信中说收到我来信的那天晚上，山村里的人差不多都听了一遍，村子的人家差不多也都得知了海的情况……

那年之后，山村里的青年一个两个地走出了山村，也陆续地去了海边的城市；那年之后，山村里的人一家两家从海边回来，在镇上盖起了新房子；那年之后，山村里的人家已基本上去过沿海大中城市，有那么几户人家，还把户口迁移到南边的深圳、东边的上海、北边的大连……

今年探家得知，一个曾识不了几个大字的邻居，竟然漂洋过海举家移民到国外生活去了。

上海的印象

去上海是一年前的事了，那是平生第一次到上海。到上海的头天晚上就在宾馆里想，早点儿起来一定去街上看看当地的风土人情，顺便尝尝地道的上海本地小吃。

上海的早晨与别的城市没什么特别，走在街上依旧与其他城市一样，依稀地见着有背着书包的学生、过路的老人、匆匆骑着小黄车和一些骑着电动车从身边一晃而过的年轻人，偶尔遇见蹬着三轮车的小商贩，那一口外地乡音，在大街小巷中叫喊着，为上海的早晨平添了一种辛酸的记忆……

据当地人讲，我所在的位置属于上海商业繁华地带。于是，我一口气转了三条街，街上除一些早起上学的学生外，很少见有本地居民在大街上行走，偶尔碰见一个拉着拉杆箱的洋人。这种现象，我在一些小县城里也遇见过，算不上是上海这样特大城市里的“特色”。

在街上，路过的门市基本上是关闭的，好不容易看到一家卖生煎包子的小店，门前还挂着上海特色小吃的招牌，说是老上海的味道，可服务员和厨师都是外地打工仔。于是，上前买了一份尝了尝，这哪有当地的本味，与家乡的饭菜没什么两样，像北方的包子，许是还没有小笼包子好吃呢。

这时，街上的行人慢慢地多了起来，因想去附近的商场旁边转转，接连问了几个迎面而来的行人，见他们都操着外地口音，对当地也不是太熟悉，也没再多问，便顺着刚来的路往回走去。可路上遇见的情况依旧如同来时的情景，匆匆的行人，外地人的叫卖声……

第一次到上海，就是这个印象。没听到一句纯正的上海话，也没吃上那些传闻中的上海地道的特色小吃……

石　椅

在浙江溪口千丈崖顶端的左侧有一把长石椅，石椅紧贴着小桥，那是通向蒋先生下野时的栖身之地。路过石椅沿小桥从山底的石阶而上，半个多时辰就能爬到山顶。

这条石椅，初修此路时是没有的。一次，蒋先生带着孙子从山上下来去寺里烧香，路过小桥下台阶时停了停，孙子见爷爷迟疑不前，怔怔地望着爷爷拽着他的手要往前走。随从见蒋先生瞅了路边一眼没说什么，意识到此处应该摆件什么东西，寺里僧人得知后，让当地人修了一把石椅安放在那里。后来，这把石椅成了上山的游人爬往蒋先生住所的开始，也是下山的游人歇脚之地。去过此山的人，都能见到一些上了年纪的人下来坐在那里喘口气儿，也有些年轻的情人坐在那里喁喁私语。现在看到这些，终于明白蒋先生当时的心境。那是智慧的人为登峰的人而修，也是心细的人为情感的人而建。

像这样的石椅，在一些公园里随处可见，有靠背的、无靠背的，或平时，或周末，或夜晚，一些悠闲自得的人散步时坐在上面感受幸福，也有相恋的人坐在上面以身相许，还有一些人坐在上面谈理想、谋未来，累而小安，酸而消除，疲惫可坐，困乏可躺。

多少风雨而过，石椅依然不变；多少星夜起落，石椅安然而在；多少行人而歇，石椅欣然相印。

石椅一年四季，不争、不怒、不怨、不骂；石椅一天到晚，无声无息，默默与人相约……

丝　茅

记得老家的丝茅是一丛一丛的，在田坎、在山边、在地头上长着。一到夏天它开着白白的花，那花毛茸茸的，风一吹迅速飘到空中，转眼跑得无影无踪。

家乡的丝茅多数用刀割了回来给牛添食用，也有人把它割回来晒干用作搭建小屋上的顶棚，这样既经济实惠又防风遮雨。

早晨爬山，在一座山上见一个不大的平地里长有许多丝茅，花絮还是红红的。当时，见到后眼里有些发呆，心里思忖着怎么会有红色的丝茅呢？这是我第一次遇见，也应了那句“读万卷书、行万里路”了。如果给老家的父叔们讲，他们会吃惊地说我在编谎。

生活在一个地方久了，总是对固有住所的一些事物熟悉后仍持原有的看法。突然，在另一个地方发现同一种事物有着不同的习性，就觉得非常奇怪。说到底还是生活中的一些常识没有搞得清楚明白，以至于遇上一些事物在不同的地方便产生了一些固执的想法。其实，像红色的丝茅事物本身是存在的，有的是因环境的变化而改变了自身的特性。人常说，大千世界无奇不有。不能因自己在生活中没有遇见过就断定固有的见解，这样对于一个孤陋寡闻的人来说，是一个眼界，也是一种学识。

于是，在回来的路上，我还在思考着那块平地里红红的丝茅来。可能是有人专门种的，说不定是为爱而种，为情而播，为心而撒。有爱的人见到它，说那像披上红红的婚纱，便拍照留了个纪念；有情的人见到它，欣喜地跑了过去，露出灿烂的笑脸说是浪漫；有心的人见到它，说那是托上天的福，借天然的景色，为生活添上幸福的光彩……

对于那块丝茅，我改变了原有的固执己见……

思

人性百态，思有万种。思在人的心里就是想，对过去满心怀念，对未来充满希望，对世事担心忧愁，对儿女牵肠挂肚。它是心与心之间在苦思冥想中打成的一个结儿，结儿大思多爱深，结儿大欲旺思重，结儿大思苦心痛。

思是一种爱，是用心血滴成的一种想念，像一张张开的网，撒在有情有爱的人身上，让有情的人牵挂，让相爱的人劳心，让至亲的人惦念。像母亲，在忙碌中担心儿女成长，在寂寞中倚门絮叨惦望。像妻子，在深夜独守新房的爱念，在苦等惦望中慢慢老去。像情人，在月光下不时地翘首徘徊，在呢喃细语中相视离去。

思是一种欲，是陈腐杂念在心中烧起的一把火。位低思权贵，饭饱思淫欲。身在名贵之位，还想着他人之爵；身有妻儿福禄，还寻三房六妾；身已腰财万贯，还捞取不义之财。思重了，欲如滔天之火，欲多祸至，久思成病。

思是一种痛，是爱在心里的交织，是情感在心中的结集。像亲情中的爱，遇上多舛的命运，病危的老人冥冥中念着遥远的孩子。像有缘无分的情，海誓多多，山盟连连，却被无情的缘分隔断。于是，爱在心里发痛，情在心中悱恻，越想见到的人越不在身边，越想得到的事情却难以实现，日难见，夜所梦，心呻吟，思断痛。

思也是一种苦，是长夜相思之苦，是人之憔悴之苦，是阴雨连绵之苦，是寒冬腊月之苦，是心存惦记之苦。

其实，思是饥渴的人想要喝的一碗水，病重的人拥有一剂祛痛的良药，无望的人渴望生活那份非分之想，伤心的人在绝望中愁断思长。

天　池

去天池那晚，北京的雨下得很大。机场上的飞机延误了好几个小时，朋友望着窗外密密麻麻的雨对我说："别去了，去了也看不到。"

我瞅着同伴，耳边想起了来时另一个朋友的话语，"还是别去了，我去过也没看到"。说这话的朋友去过两三次，每次走时都遇上坏天气，一直没有看到美丽动人的天池。

那天，我在心中坚定了必去的信念，终于等来了雨后的飞机，便乘坐飞往长白山的航班，去了天池。飞机到达时，天空没云，遥远的夜空满是星星，看着那颗颗闪烁的光芒，像公路两旁布满的街灯，在指引，在提示，在照耀，在辉映，直到长白山脚下。

我庆幸自己，对看天池念想的执着，也欣慰心里的那份坚持。

心想，别人遇上如雾的天气，不一定自己能碰上，生活是个变数，游玩也要有好运气，遇上与遇不上都属于自己的一念之差，也是生活中的某个哲理。天很大，这边的雨不一定飘到那边儿。

但是，接送我们的人说，这里天气变化快，一会儿太阳一会儿雨，一会儿云雾一会儿晴天。我望着深邃的夜空，对明早的天气产生了梦幻般的期待……

天亮了，我敲醒随行朋友的门，抬头望天，夜间的繁星渐渐隐去，丝丝淡淡的云像在飘移，我急忙敲门叫醒朋友，起身开车前往山里。

天池在长白山的一个主峰上，海拔两千多米，分南坡与西坡，我们去的是天池的西坡。那里山道崎岖，迤逦宛转，沿山底而上，道曲路弯，人坐在车上得抓紧扶手，身体一路随车奔波斜歪，前仰后翻，左摇右晃，车颠簸得厉害时，有人呕吐，有人尖叫，有人惊吓，有人狂喜，车跑不到五十米就得盘绕山道而上，那坡没树没草，石头突兀，见司机娴熟的驾驶技术，在方向盘上左转右动，心里真有点儿担心车的驱动不灵，心中默默地不停祝愿。在车里，我瞅着司机问着："师傅，道这么险，一天要跑多少趟？"他说，人多时要往返二三十趟。司机是天池景区的职工，他说对游客的安全负责，就是对家人负责。司机说这话时，我的心一下放松了下来。那话听起来是那么舒畅，司机把"客人"当"家人"，再没有比这样的称呼让人暖心了。

车在山道上绕弯前行着，望着窗外，山像插进天上，回头望去，那上山的路像少女在舞台上抖动金黄色的飘带，从山顶飘落到山底，弯曲而绚美，曲折而心惊。再向远方瞅去，远处的山像在脚下，云在山的那边，朵朵迎来，像一把撑开的伞，又似母亲抱来的一床雪白的棉絮，铺在上面。那云也祥和，没有雨滴，也没有肆无忌惮，让人在心里酿成一丝坏透的情绪。师傅说：“这里天气变化快，说晴就晴，说阴就阴，昨天是雾天，今天天气真好，你们有眼福。”我望着天，庆幸北京那场雨，也庆幸今儿遇上个好天气，能目睹天池的峥嵘。心想，传说中的水怪不知能不能露出水面……

在车上，抬眼望着天时，忽然想起贾世韬的一首诗句在嘴里念了出来：“仰手摘日天野碧，头上白云自悠闲。”这天蓝得像西藏那边的天空，碧澈蔚蓝，颇为壮观。天池的顶峰不远处有一朵云，像是挂在山崖上。我们沿斜坡爬着，终于达到顶峰的停车场。车还没停稳，游客中就有人打开车门迫不及待地从车内跳了下去，直奔停车场的边沿，举起相机，望着远山的云朵，尖叫地拍照。

真美啊！我在心里念叨着，掏出手机，对准天池主峰上的天，一连拍了好几张。我拿着手机回头望着远处的天边，朵朵白云，从山那边飘来，像仙境在天池山脚边闲荡，看上去有种登上祥云的感觉，在山顶上腾云驾雾了。

走到离天池入口不远处，还有一里多路程。游客在入口的地方排队，景区管理人员依批逐放，当工作人员打开栈门，放下拦绳，游人如梭，急切地相互挤撞过去，沿上山的道挪动着，有的没走两步就停了下来，站在那里拍照，留个纪念。一些人边走边拍，拍眼前的云、蓝蓝的天，或那远处的山峦。那山与云像一幅美丽的水墨画似的，游人个个喜形于色、眉飞色舞地欣赏着、抓拍着……

不一会工夫，爬到了山顶，不知谁叫了一声：太美了。我急切地攀爬上去，站在顶峰见天池湖面，激动得不顾上气不接下气，接连拍了几张天池的景色，给远方的朋友发了过去。我用腿紧贴在岩石上，伸出头挤进人群的缝隙里，望着天池。见四周悬崖峭壁，中间一泓池水，像一颗镶嵌的蓝色宝石，那样地安详，那样地静谧，那样地清澈，不知是水绿天蓝，还是天蓝水清，见四周巉岩峭壁倒映在池里，水光山色的山石映在清澈的水面，一朵云飘到上空，在天池里，像一幅国画巧构其中，美丽至极。那水纹丝不动，像一块明镜。池面在阳光的照射下非常刺眼，五光十色，璀璨夺目。景边人多拥挤，我便沿岩石边走着，见有一个人挪开，赶紧挤了过去，伸着脖子，想从不同角度去欣赏天池。这时，管理人员在旁边不停地提醒游客，不许攀爬，不要拥挤。但还是有胆大不守规矩的人，为了一饱眼福，偷偷地攀到高处……

今天的天气真好啊！能看到天池的全景了。不知是谁叫了一声，我望着眼前的池水，心里不停地感叹着。有人传说，池水是玉女的身子，时常薄雾缠纱，有时浓一些，让人难以相见，有时卸下浓妆，丝丝缕缕，露出朦胧的笑脸。而今天，当我幸福地徜徉在天池里，望着蓝蓝的天，洁白的云，那湖美丽的池水，不由得高兴起来，乐得合不拢嘴。

天池与生俱来，与福相连，与缘相倾。它连着心，连着牵挂，连着山脉，连着忠诚……

天湖纳木措

凡到过西藏的人，相约拉萨，都想去天湖纳木措看一看。那是世界最高的咸水湖，也是西藏最美丽的雪山之湖，它情深似海，清澈透蓝，藏族兄弟称它为天湖或圣湖。

天湖离拉萨有两百多公里。去的时候，据拉萨的朋友讲，那儿海拔高，空气稀薄，要多备点儿氧气。我说："那是朝圣的湖，缺氧的雪山挡不住朝圣人的虔诚。"

出发时，拉萨的天气不太好，有点飘雪。大家好不容易鼓足了一夜的勇气和心情，眼见这样的天气，怕看不到美丽的圣景失望而懊恼。同行的人心里有些埋怨说不该择这个日子去天湖，尽管天公不作美，大家还是在牢骚中坚持已定的信念，期望能睹一眼天湖的美色，安慰那颗不满的心。

一路上，雪峰绵延，云雾笼罩，雪花飘落。怨言也随着海拔的高度悄然无息了，有的揉揉头皮，有的掐掐太阳穴，有的默不作声地在缺氧的汽车里坚挺着。拉萨的朋友见状，冲车里喊："过了前面那个山口就能看到纳木措了。"听说快要到了，大家有些精神起来，但瞅着车窗外的雪山，一会儿浓雾从天卷地，厚厚实实，一会儿雾开云离，雪峰见人，远远望去念青唐古拉山的主峰像披着婚纱的新娘露出洁白的笑靥，时而腼腆像未出阁的少女低首隐匿怕见生人，时而藏在雪雾里与天相攀、与地相融。瞬间，天地又是茫茫一片，雾抹雪山，雪天相映。

约莫半个小时，汽车开到了海拔五千一百九十米的那根拉山口，这是由拉萨翻越逶迤的那根山通向纳木措唯一的一条雪山通道。山口旁立有一块巨石，上面刻有那根拉山口的海拔高度，巨石的不远处有几条牦牛和藏羚羊，几位藏族兄弟穿着满是长毛的皮大衣站在那里。同行的人见山口上有牦牛，一路低落的情绪顿时兴奋起来，纷纷下车前去拍照留念。朋友提醒说："与牦牛拍照要收费。"我们见牦牛脖子挂着一张纸牌，上面写着一人十元。我们走过去想对藏族兄弟讨个价钱，一位藏族兄弟对我们讲："照吧，男人十元，今天女人和孩子不收钱。"听完藏族兄弟的话，心里一怔，难免有些激动，许是一些感慨，那是五千多米的雪山啊。

站在山口，望着尖尖的雪山，朋友说离雪峰还有一千多米。

我见雪山直插天上，不知是天是地，是云是雾，是冰是雪，天地浑然一体，一会儿雾浓如云，卷到眼前，一会儿风起云去，雾离雪突，一会儿雪点飘来，扑在脸上，一会儿雪峰张开，惊心喜望……望着这雪山的雪峰，瞅着难以离去的雪雾，自然的神奇让人大开眼界。山高氧稀，头隐痛难离，我站在雪地上，无力想象这多变的雪山天气，让人有怎样的艰难和曲折，让人有怎样的毅力和意志，让人有怎样的信念和理智。我爬到山口高处，想探究雪山那边的陌生和真实，也想一睹雪山的寒光与峥嵘。“哇，那边是晴天。”我望着纳木措方向阳光满射的天，惊喜地叫着。同行的人一听，顾不上头晕目眩，放下相机喘着粗气慢慢朝山口走去。我沿雪山向下望去，山路弯弯，曲曲折折，像少女舞动的飘带，沿雪山一直飘落到湖的跟前。远远望去阳光安逸飘洒，雪山寒光闪闪，湖水蓝蓝似海，那湖那水蓝得像一块巨大的蓝宝石，镶嵌在洁白的雪山下，依偎在高耸的雪山旁。

我顾不上遐想，怕日云多变，收起难逢的晴天，迫不急待地催车前往……

湖面静得像一块封冻的玉石，微风吹来，泛起点点儿粼光，那粼一波一波，一片一片，在阳光的映衬下，像微张的笑脸，羞答，腼腆，柔情脉脉。湖水清澈明净，掬起透明如玉，从眼前一直向天边望去，碧波盈盈，蓝可染天。再见风，轻拂湖水，风柔水韃，像少女的歌声，飘到心底，荡漾着爱的记忆。天空朵朵白云飘来，倒映在湖面上，湖里像一群群游动的白鲢在蓝蓝的水中你追我赶，相约而伴。抬眼望去，碧空蓝湖，天连湖，湖连天，景到眼底，难尽释怀。雪山在远处群立，眺望而守，耸立而观，抑或是在深情凝视苦等，极像在含情思深呵护，如严父，如兄长，如情郎。那景，那情，那雪，那湖，那山，那天，勾画出情丝难眠的世界。

走在湖边，伸手掬一口湖水，不像海水苦涩难咽。有人说湖水咸淡，那是少女的眼泪。据当地神话相传，天神见念青唐古拉山之神成年累月傲立在冰峰雪地，直穿云霄，岿然不动，怜悯之心油然而生，于是，派少女纳木措依偎在念青唐古拉山脚下，二人相依而思，相守而伴，久而久之，少女日夜思念，苦思久等，泪水像蓝色的雨，滴淌不断，汇集成湖。念青唐古拉山之神，见心爱的人泪成湖水，心动一热，冰雪缓缓融化，一滴滴滴进湖里，溶解少女心中的苦涩，成了咸淡的湖水。这个相爱而约、相思而守的爱情故事，震撼了神界，撼动了山灵，相传至今已有七千万年了。

坐在湖边，望着念青唐古拉山与纳木措忠贞不渝的爱情，想伸手去掬一捧湖水，藏在心里，带给远方的爱人。也想多留恋一眼蓝蓝的湖水，荡涤不安分的心灵，去葆有一份纯洁。

我起身在湖水边游走，湖里的鱼在脚前脚后，相拥而来，亲亲而去，伸手触碰它，见它欣喜地跳动着尾巴，在跟前久久不愿离去。同伴惊叫一声：“这里的鱼不怕人。”便伸手捧起一条，笑哈哈地看着，然后又放进湖里。

站在湖水里，踩在细软的沙粒上，深情地凝视着湖水，藏人不吃鱼，我想这是鱼与人亲密接近的原因，也是人对自然的一种信仰。那是情，那是爱，那是圣洁的地方，让人依恋，让人慕爱，让人心驰神往。

我在山道等你

一个周末的傍晚，阳光还在山峦的那边，因那个约定的日子将至，我便怀着甜蜜的心情，如期地来到了山道，在那个拐弯的地方，翘首昨日的情怀……

于是，在那里我像小鸟儿一样候着，见西边的余晖徐徐落去，旁边的树林渐渐暗淡，一时心神不定，焦虑不安。

天黑了，还没见你的影子，不是说定了的吗，怎么突然失约了呢？我不知发生了什么事情，也不知你为什么没有在相约的地方相见。有时发觉人一旦负约，而另一方是多么地煎熬，有时又是那样无端猜测，甚至胡思乱想。也许是一时的忘记，也许是杂事缠身，不论哪种情况，烦焦过后，人在冷静时却发觉那点儿失约是多么微不足道，又那么地不足挂齿。

不多时，我回头瞅着西边黑黝黝的山，心无头绪地往回走着，见身边的树上有几只小鸟在那里叽叽喳喳地飞着，像风儿一样从眼前路过，可在那片林里却难以寻觅你的身影。在无奈的心中，又不时地把目光投向那个山道里，在拐弯的地方，依旧没见你的飘发，你那轻盈的脚步……或许想搀扶的手，在辛酸的岁月中前行，需要停下心急的步伐，或许在心躁的惦望中需要一颗静候的心，悄然等待……

生活中，人生的拐弯处漫长而又曲折，需经历一些小事才能在日后的成长中多一份成熟，也多些理解。那样，生活中人才能纳百川之物、容百事之言。这样，既不会那么斤斤计较，也不会遇事狂言武断。如那个山道拐弯处，是人生的一次经历而已。

物静才心透

周末的早晨，与朋友一起到郊外去爬山，沿山而上路过一块青石时，见青石的旁边有股涓涓细流，那水汩汩而出，流在不远处的一个水潭里，那潭水清澈明净，伸手一掬，清得朗朗照人，净似山泉映月，捧起来含入嘴中，一股甜丝丝的感觉。

我瞅着掌心中的那水，见水里蓝蓝的天，白白的云，似乎是天在水里，水在天中。一时欣喜地感觉心在跳，水在笑。于是，我沿那个小小的潭边走着，那水静得只听见脚踩在潭边石子的响声。心想，一周之中，人能有这样的心情来到这样的情景中，赏心悦目，是多么奢侈的一件事啊！

忽然，发觉城市的烦躁让人不安起来，那是城市没有物静之处啊。倘若城中有一块净地，能听到树在缠绵，风在细语，花在绽放，心静自然就身净。人常说，净能生畏，也能生威。如山边的那潭泉水，静中透着天空中的蓝光，能那么清晰地让人看到白云在潭中飘动，许是水的清澈，才有那样的寂静。

身在尘世中，有时一物能点透心灵，有时偶遇一景能点醒人生。有道是：“鸟穿浮云云不惊，沙沉流水水尚清。任他尘世多喧嚣，静我凡心立功名。”

所以，人一旦悟透一个道理，仿佛世间变得那么清楚明了。正可谓“被酒莫惊春睡重，赌书消得泼茶香，当时只道是寻常”。

想去西藏

想去西藏，已说了好几年了。有事没事时，女儿总是过来缠着我：“爸爸，今年去西藏吧”。于是，我总在点头应允中，答应女儿。但一次次的承诺，又一次次地在食言中难了心愿。

我不知是什么原因，这么简单的事，要在心里犹豫不决，举棋不定。一家人说好了的，火车通往拉萨后到西藏去看蓝蓝的天、白白的云，那里的牦牛和圣洁的湖水。可是，火车修通了好几年了，我们的心事还没有尘埃落定。是怕花钱吗？是怕高原反应吗？一时心里却找不出一个准确的答案。但时时刻刻一家人又是那么惦记，那么向往，那么梦想西藏……

没事的时候，我常翻着地图，凝视那块人们称为圣洁的地方。望着地图上那块褐色的青藏高原，痴痴地思念着那里蓝蓝的天，白白的云；痴痴地思念着那高不可攀的雪山，川流不息的江水……

于是，我追古溯源地从书架上觅求历史。从松赞干布英雄般的征战到吐蕃政权在西藏这块土地上生根织叶，从文成公主入藏和亲的爱情故事到汉藏一家亲的骨肉般的情谊，从朝圣者一路虔诚式的跪拜到布达拉宫佛教圣地的心灵洗礼，从喜马拉雅山中的群山群峰的屹立到人称冰峰之父的南迦巴瓦，从雅鲁藏布江大峡谷世属罕见的蓦然发现到可可西里美丽的草原在影视里掠过时的惊叹……我试着拨开心里的情结，解开心中那个思念。作为华夏儿女，我对藏汉历史的繁荣和睦折服而兴叹，唱着高原红，听着天路赞歌，言谈着那里的人和事，我想去触摸历史留下的痕迹；作为炎黄子孙，我对珞巴少有的几个少数民族在雪山里的生存而揪心，想着那里的雪山，念着缺氧的高原，他们与世隔绝地坚守，我想去寻求一种精神祛除年轻人浮躁的心理；身为人父，我对自小生活在皇家贵族的文成公主远嫁遥远的西域、远离厮守的亲人，想问心苦吗？身累吗？我想去寻找一丝丝泪痕融化成尼洋河传说的故事，讲给溺爱的女儿……

在书中，我品读了西藏的历史，也品读了西藏人民的勤劳和智慧。那历史像雪山融化的水在汹涌澎湃的江水上绘画出波澜壮阔的书卷，那智慧塑造了布达拉宫的圣灵，在那块文明的土地上播种了藏族儿女殷实富裕的希望。在网上，我欣赏了可可西里的草，唐古拉山的雪，纳木措湖的水，那色彩斑斓的草地上一朵朵低矮的白云像一群群奔跑的羚羊，那寒光耀眼的雪挂在高高的山峰上像藏族少女敬献的洁白哈达，那明净可掬的湖水嵌在雪山的周围倒映着蓝天像一幅永不褪色的油画。在街头，我听到去过西藏的人像小蜜蜂似的嗡嗡不停地东谈西论，心喜脸笑，把西藏赞得那个美啊，叫人心馋纠结。有人伸着脑袋问："缺氧吗？高原反应吗？"不等人家问完，只见那神情冲询问者而来，"没事，一定要去一趟"。在心里，我仰望把爱情和生命献给这块土地的古人、后者和士兵，文成公主为了民族的和谐用爱情点亮了拉萨的街灯，孔繁森为了实现一个普通共产党人的信仰把生命献给了阿里，冈巴拉雷达站的士兵为了生命的航线在生命禁区恪守誓言。

想着西藏那雪、那水、那人、那事，我拔掉心中的犹豫，准备了西去的行囊。想着西藏那天、那云、那情、那爱，我招来忙碌的妻子，征求温习的女儿，搜出了雪域的地图。瞅着她和它，心中那个纠结啊，想去，真的想去……

小 河 边

在童年的珍藏中，我对小河边的情怀，在心中难以抹去。它封存在成长的心柜里，像陈年的酒味浓而清香，像家乡的粽叶清新而馨长。

家乡的小河不宽，也不长。小河边长满了杂草，开满了野花。草是一丛丛的，高高的，矮矮的。花是零星的，点点的，一朵一朵地散落在草丛里，点缀在小河边，映在水里，像一幅田园诗画。走在河边，闻着身旁飘来的花香，情不自禁地弯下腰伸出手摘上一朵，那花在手里还未伸到脸前，香气已扑鼻而来，沁人心脾。

那时，我们几个不大点儿的孩子，牵着自家的牛来到小河边，把牛绳往牛身上一抛，用手拍一下牛屁股，任牛而去。于是，我们在河边嬉戏着，玩耍着，喊闹着，累了躺在草丛上望着天，看着云，听着潺潺的流水声。风在脸旁轻轻而过，昆虫在眼前叽叽不停，偶尔见远处蜻蜓飞来，落在小河边的花丛上，个个像贼似的起身蹑手蹑脚地来到花丛旁，伸手准备去捉时，受惊的蜻蜓张开薄如蝉翼的翅膀，嘲笑地沿河边飞去。我们失落地望着远去的蜻蜓，只身扫兴而回，躺在草丛中继续玩着祖辈留传下来的游戏……

因贪玩的习性，小河边又成了我们伤心倾诉的地方。放牛时，牛常跑到邻家的田里吃起庄稼，没少让我们挨着大人的责骂。有时瞅着半稻田的秧苗被牛啃了，看后心里发怵，怕邻里来找麻烦，便沿着河边走来走去，不敢回家。天快黑了，大人们见我还没回去，急着跑到村外来找，见我在小河边徘徊，大老远冲着我喊："快回来，隔墙的大爷不怪你。"

在回家的路上，我时不时地回头瞅着那条小河，望着暮霭笼罩的河边，炊烟袅袅，惨淡的心神又恢复了天性。

现在想起来，家乡的小河边是孩提时快乐的场所，也是儿时幸福的梦幻之地。清晨，小河边、草丛里、花叶上，露珠晶莹而缀，像珍珠，像玛瑙，颗颗亮晶耀眼，在晨曦的阳光下面，色彩斑斓，五光十色。我常牵着牛沿河边而上，牛啃着嫩嫩的青草，不停地甩着尾巴，不时地抬起头"哞哞"两声。傍晚，我骑在吃饱的牛背上沿河边而返，那烧天的晚霞，洒在小河边，映在水里，蝴蝶接踵而至，在眼前翩翩起舞，我忘情地坐在牛背上想伸手捕捉飞来的蝴蝶，却不知是坐在牛背上，不小心从牛身上滑落了下来，摔在河边的青草丛里，顾不上起身拍打身上的杂草，望着不远处的蝴蝶停在空中扇动翅膀，跳起身子，伸手冲蝴蝶追去……

后来，在县城上中学，学校旁边也有一条小河。小河边的花草没有家乡小河边那么高，那么密，草长得稀稀的，这儿几丛，那儿几片。野花也不像家乡那么清香扑鼻，偶尔见上几朵也念不出名来。但河边有志向的人多了，早晨跑完操，这头几个，那边三五成群，走在河边手捧书卷，有立在那里念着，有边走边朗诵着，有坐在那里默默地背记着。小河边成了我们课余学习的好去处，晚饭后，我也时常散步到这里，有时找个僻静一点儿的地方，坐在草坪上拿起书，或是躺在河边，望着天，听着河里的流水，心像小河的水一样川流不息地向往大海，向往城市的海洋。

在大学，校旁的远处也有一条小河，那时只有周末或是不上晚自习时沿小河边走走，有时见迎面而来的一对，手牵着手，笑着，谈着，恋着，或是相偎而坐，相拥而立，我便折身而返，知趣而避，找上一处无爱情相依的地段，想着自己的心思，释放着梦想的心境。

往后，在城市的附近，我也常见一些城市长大的姑娘和小伙子在小河边奔着、跑着、疯着，也有一家人席地而坐，吃着烧烤，品着周末的味道和幸福，还时常见一对对垂暮的老人，在黄昏的暮霭中相依而去，也有在夕阳晚景的余晖中牵手而来……

晨曦日起，傍晚辉落，小河流水，边草青青。原来，那是一条通向人生幸福和快乐的河边啊。

写给女儿的一封信

女儿：

你好！

几天以来，我在心里一直蕴蓄着一种想法，就是想坐下来给你写封信，说说心里的话，说说心里的爱，说说心里的愁。

说句心里话，上高中了，你长大了，也懂事了。从而，有了自己的一些想法和对事物的认识，这些想法和认识，对涉世之初的你来说，是一种认识的进步，也是学习的进步。有些事你能看出来，发表自己的看法和见解，已是一件不容易的事了。爸听了很高兴，也很欣慰。虽然那些认识是浅显的、偏激的，爸想纠正，但看你一脸认真的劲儿，还是任你说着，我乐呵呵地听着。也许慢慢地，日子久了，时间长了，你也会发现自己原先的一些想法是幼稚的、是肤浅的。不过，那时你已渐渐大了，成熟了。

说句心里的爱，我真想坐在教室里替你去学习、听课、做作业。为你解忧，为你祛累。可是，那样的爱，是害人之爱，废女之爱。学习是一件苦差事，这种苦让人奋进，让人敬爱。初中时，我见女儿为学习闻鸡起舞，一种爱从心底里油然而生，女儿在刻苦，在努力，在求识。这不光是大人们期盼的，也是一个孩子应该追求的。因为那是父辈爱的延伸，也是被爱的人一种爱的继续。

说句心里的愁，我从不为你一次考得不好而发愁，也不为你遇到一道不会做的题而担忧。你很聪明，也很努力。你想进步，你也想考个好成绩。这些爸都知道，都明白。但学习往往靠一时的聪明、一时的努力是不够的，后天的刻苦很重要。死记硬背是一种简单的学习方法，理解分析才是弄懂一个章节的关键，才是掌握知识的环节。学一堂课，或是一个章节，你要学会多识题型、多做题，多理解题，在做题中提高知识，掌握技巧。不要以为老师讲了，你也听了，就认为会了；不要下课了，老师走了，课本合上了，也就放松了。没有题，你可以看复习资料；没有题，你可以翻翻同学的课外书籍；没有题，回家后，你可以上网搜搜；没有题，爸爸可以到书店找。但千万不可以只做课后那些题，知识不学会举一反三，考试你还是有不会做的题，不知所措的题，似是而非的题，拿不准的题，摸不着头脑的题。

女儿，成绩是一点一点积累而来的，在你面前没有什么大不了的。权且把它当作一种快乐，学习就会轻轻松松；把它当作一种渴望，学习就像听歌一样；把它当作一种追求，学习就会永无止境。

做人也如学习一样，虚心让人进步。这些，等你步入社会后，慢慢地就明白了。

哦，告诉你一个好消息。明天是你的生日，想和你一块儿吃蛋糕。可是，学校进不去。只好让奶油小生送过去了。生日快乐，“海底涂油”。

爱你。学习进步！

爸　爸

11 月 18 日深夜

心存桂林

桂林，那个传说中的美丽地方。记得上小学时，老师在课堂上就向我们幼小的心里灌输着那里秀丽的山水、迷人的风光。

除从书本上或是朋友的赞美中得知漓江的风光外，对那里高耸的山峰、千姿百态的群山、烟波逶迤如纱般的江水却一无所知。董必武放下心中的担子，去了一趟，便写下了千古绝唱："漓江春水绿悠悠，细雨昊天结伴游。两岸奇峰看不尽，碧莲峰下泊行舟。"但最让我解渴的还是明代诗词名家俞安期的诗："桂楫轻舟下粤关，谁言岭外客行艰？高眠翻爱漓江路，枕底涛声枕上山。"

那天，带着对桂林的向往，对山水的期待，上午我从广州到了桂林，但到下午又从桂林飞往了北京。那是我平生第一次桂林之行，却像一个过客，是那样的匆匆。桂林是什么情景，心里没什么印象，在途中眺来望去，隔窗而见的却是心中缥缈的情景。我饶有兴趣地冲着同事说：“哈哈，这也算是来过桂林了。”

从广州去桂林的路上，我在列车上见两旁叶青树茂，山清水秀。望着那不远的山，叠叠伏伏，群山列队。有人在车上指着说那里是阳朔，有人说那儿的姑娘歌声甜笑声美，电影《刘三姐》的传说就在那里。于是，那甜美的歌声，勾起了儿时的记忆，心中忽然翻出刘三姐的画面来。

桂林山水甲天下，阳朔堪称甲桂林。心想，阳朔的美在山在水，奇峰异石，山清水秀，是景色的天堂。那漓江的水像刘三姐的歌声从山而来，飘进河里，河中水流声绝，歌甜水美，让人浮想联翩，感慨万千。

于是，在车上想得多了，心思自然陶醉在那个唱山歌姑娘的情怀里，那歌声曾在儿时的记忆里，也落在儿时的饭碗里，有时在上学的路上，想着那个青山环绕、竹排倒移的情景，心自然多了一份美好的向往与记忆……

虽然第一次到桂林短得只有一袋烟的工夫，但在路上、在车上，那漓江的风光，那桂林的山水都从脑中映来，并把封存多年的传说中的歌谣，甜甜地涌出了心底……

心灵的静处

在喧闹的城市里，我总想静静地找个不大的地方在那里独处，那个地方静得能听到远方的心在跳，是那样怦、怦、怦的声音，又是那么绵长。

在那里，我想默默地任心思飞越，也想挥去眼前的琐事，在山坡上、田野里、林荫中等待翩翩起舞的蝴蝶，让它落在伸出的指尖儿上，细细地端详着心灵的慰藉。在那里，我想悄悄地登上远处的山峦，轻轻地拨开眼前的云雾，聆听着远处的呼吸声。那呼吸在灯火阑珊下，静得能听到“唐婉儿”的梦呤……

于是，我趴在窗前，在异地的土地上，双手托着腮帮，把思绪放在远处，思念也在远处。在那棵密密匝匝的树旁，依偎着童年的梦想；在那个放牧着羊群的地方，让心思布满家中的山冈。

或许，是个有雨的傍晚，在那把小花伞下，细品着心的呢喃。

慢慢地，在那个心灵的静处，燕子来了，叽叽喳喳地忙着衔泥筑巢。蝴蝶来了，在眼前扇动着翅膀。慢慢地，不知什么时候，它们钻进了心底，心里又多了些眸凝语噎。

雪

经过寒冬的人们终于在年后盼来了一场雪。那雪不大，密密的，点点的，碎碎的，飘动着，斜织着，追赶着，挂在树梢上，掉在房屋里，落在行人的头上，飘进了衣领里。一时间，地面白了，树也白了，房顶上像刷了一层白漆。

在街头，一些人走在雪地里，望着眼前飘来的雪，拿着手机向家乡的爸妈、向远方的亲友、向外出的恋人欣喜地叫着，“我们这里下雪了”。

“别在外面冻着，多穿点儿。”电话那头像责备，像担心，但踏在雪地里的行人，一脸喜气，乐呵呵地笑着，说着，聊着，拿起手机拍雪景，拍街头，拍自己的笑脸，存在手机里，发在微信上。一个路人不小心滑倒在地，一屁股坐在雪地里，行人一见都回过头来张望，一个小伙子走上前去，伸出手：“没事吧。”那人望着小伙子：“没事，这里滑，小心点儿，别过来。”说着那人从雪地里爬了起来，拍了拍身上的雪，咧嘴向周围的人笑着。

在村里，一个满脸皱纹腰上裹紧装束的老人，站在门口望着天上飘落的雪，心里嘘了一口气，回到屋里，嘴里还喃喃地念着：“今年不算坏，地里麦子有救了，总算盼来了一场雪。”

记忆中，雪是儿时的快乐，也是童年的伙伴儿，堆雪人儿，打雪仗，玩雪橇，有时还和大人们一起上山在雪地里追野兔，捕山鸡。下雪时，邻里的瞎大娘，把家里的木桶、木盆拿出来，在门口用手摸着雪一瓢一瓢地铲着，把木桶、木盆装得满满的，说是家里不怕没水吃。雪天里，村里的男人围着火炉谈年景，讲往事，论习俗，东扯西谈，说些生活中的琐事。女人坐在火炉旁纳鞋底儿，缝衣裤，拉家常儿，张家长李家短地絮叨邻里的家事。雪让辛苦的人“偷得浮生半日闲”，也让回家的人多了一分艰辛和酸累。

望着窗外，望着小区几个孩子在雪地里蹦着跳着，忽听妻在背后冲我说着：“今天在下雪，别开车了。”我瞅着窗外，望着眼前飘落的雪，心里对下雪的新鲜、冲动、激情劲儿不知啥时荡然无存。自然，出门踏雪也难生心情。

这年头对雪没了新鲜，缺了兴趣，许是人老了，雪飘不进心里了……

眼前那朵云

去年十月，在丹东攀爬凤凰岭牛脊背时，突然见一朵白云从不远处飘到眼前，越来越近，有点唾手可得的感觉。望着它，好奇心不禁油然而生，真想趁它不注意时，将其揽入怀里。

云是在一块石壁的边沿儿上，看上去离人那么近。当我想伸手去揪住它时，发觉那块山崖下面竟是万丈深渊。若只观云的到来，不留意自己的处境，一不小心就跌入谷底。那时，后果是什么样子，应是凄惨的事了。

于是，我将手缩了回来，静静地站在陡峭的石壁一端，欣赏眼前的云，那朵伸手可摘的云。

见云在绝壁的山岩边是那么安详惬意，我索性坐在岩石边静候那朵慢腾腾的云，在一旁欣赏着、赞美着、陶醉着……

云仍在不远处，可我不能为其伸手而独享。世间的事，有时很难解释清楚。有的只能近观，不能多得；有的只能欣赏，不能贪其入怀；有的只有付出，不能索取……

因此，生活中有些事，正与登上牛脊背山岭上那朵眼前的云，看似可摘，实不可独得，不能贪怀。

叶　子

去年冬天，我与友人在普陀岛沿石阶朝山上走时，一片叶子轻轻地从树枝上飘落到头顶，刚要触到头发又丝毫不停地沿身边滑落下去。

我望着掉在台阶上的叶子，弯腰伸手捡了起来，怔怔地瞅了半天。叶子干黄而卷枯，是从身边那棵大树上掉下来的。我抬眼望去，满是发黄的树叶挂在那里，不时地一片一片在眼前飞来，悄无声息地落在地上。于是，心中顿生怜悯和感叹。

叶子，它是春来冬去的。有的叶如针尖，却生长茂盛；有的硕大无茎，却经不起风雨；有的四季常青，却不见花蕊；有的叶红如霞，却不见森林；有的叶嫩葱绿，却酸甜苦涩。叶有灵性，土壤不同，树种不同，生性也不同。

春天，它从僵硬的枝条里破皮而出，一个个幼芽开始在春天里绽放，一片片嫩叶开始爬满树枝藤条。微风在它的身上吹拂，细雨在它的身上滋润。叶绿了，树青了，山美了，昆虫也苏醒了。蝴蝶飞来向它祝贺，蜜蜂飞来落在它的身上嬉闹，讨厌的蚂蚁、臭虫爬来张口向它要饭吃。但叶子没有因蝴蝶的赞誉而得意，也没有因蜜蜂的纠缠而张望，更没有因虫子的咀嚼而惊慌，它在春风里孕育，在阳光里舒展，在细雨中挺拔，它在为花添色，为树披绿，为山绣美。夏天，树深叶茂，荫翳匝地。狂风能吹断残条枯枝，却吹不掉满挂的枝叶，暴雨能淋倒成片树林，却淋不掉苍翠绿叶，雷电能劈开参天大树，却劈不开一片叶脉。天气炎热，它为行人遮阴纳凉儿；狂风暴雨，它为小鸟避风挡雨；尘埃弥漫，它为空气遮尘输氧。秋天，树高干粗，硕果累累，山深醉浓，叶如色染。有的树叶发黄，黄得金灿灿的，像梦中飘落的金子。有的树叶发红，红得有些紫，像醉人的干红。有的枯黄而落，有的飘零而坠，无忧无虑，无怨无悔。

林静山绝，落叶归根。

于是，那山的灵性，那水的清澈，那人的心爽，都属于大自然翠翠绿绿、郁郁葱葱的叶啊！

一碗葛根汤

早晨起来，头有些蒙。在房间转了半天，不知吃点什么。

无意间发现桌子下面那袋葛根粉，是去年冬天回老家时隔壁二哥送的。

老家在山区，记得很小时，家里没粮时，靠父母上山采挖些野葛根，回来砸开碾碎后当饭吃。

母亲做的葛根汤，像北方的刀削面，硬硬的，滑滑的，黑黑的。那时，我觉得很难吃，吃到肚子里，不到晌午肚子里就咕噜咕噜地响，湾邻的人见了，说我营养不良，瘦得像个猴似的。

拿起桌子上的葛根粉，不知是先烧开锅后再放进去还是在冷水里煮，电话里问了老家的嫂子，才得知葛根汤的做法。可等水烧开后，我放下用凉水拌好的葛根粉，发现锅里黑成一锅粥，有些像春节时贴春联用的糨糊。

于是，我从锅里盛了一碗，没油没盐地吃着。突然，我咧嘴一笑，比儿时吃得还香呢。

随后，我便从百度里查了它的作用，发觉它除美颜外还有醒酒的作用呢。

心想，不是今天亲手煮着尝一尝费了半天劲儿从老家带回的葛根粉，这么好的东西差点把它扔掉。

吃着吃着，心里美滋滋的。往后若有饭局的话，可以多喝上几杯了……

一种“不成熟”的心态

曹在机关单位是一个局长，整理完他的案子时，我沉默了很久，也想了很多。他从一个农村娃成长为党的中高级干部，又从基层单位调进北京某大机关工作。起先，他每走一步都是那么慎重，那么小心翼翼，那么珍爱眼前的幸福生活。可临退时，他的心动了，原有的心劲儿没了，自筑多年的心墙像淋雨的天被雷击似的，瞬间訇然裂开……

他在临退前的两三个月一下子收了人家那么多钱，甚至打电话还向曾帮助过的几家企业要。案子快结时，看了他的谈话、询问、讯问笔录，总觉得还缺点什么，这么个坚守党性的人、爱惜幸福的人、平时对金钱看淡的人，最后也沾上了铜臭，掉进了泥坑。

于是，我带着一个同事一起到监狱又见了他，想把他的心了解得透透的、清清的、准准的。

看守人员带他进来的时候，他见我坐在铁窗的对面，笑着喊我：“王检。”

我也面带笑容地对他说：“这次提审你，不关案子的事，就想与你聊聊。”

他见与案子无关，心情放松了下来。他本不抽烟，我递给了他一支，他点了起来，拿在手里，并没有吸。

我说明来意后，他的脸一下子沉重起来。他有一个女儿今年高三，六月份要参加高考，他的妻子在家过得很辛苦。他没像开始时那么敌视我，我感觉他的眼里有层水在往外溢，他试图在控制自己，终未能及。我见他伸手抹着眼泪，突然号啕大哭，说些对不起妻子、对不起女儿、对不起组织的话。

五六分钟后，他抑制了一下自己的情绪说：“王检，丢人啊。谨慎了一辈子，最后还是没过这个坎，落到了这个地步。”停了停，他向我们讲述了他政治生命最后两个月的疯狂心态。

他说：“还有两个来月就退休了，本来想职务可以提一下的，又没提上，心里觉得为工作辛苦了一辈子，到头来什么也没得到，开始对组织产生了厌恨的情绪。想起平时吃吃喝喝，有人管着，退了后什么都没有，亲戚朋友来了吃个饭、住个宿也安排不了，接待不了，想着想着，就到办公室翻翻这几年帮助过的企业，试着给他们打电话，说手头有点紧，并透露些生产计划。有几个企业还真的跑来了，说是来看我，其实是来要任务。我看穿他们的心思后，故意把事情说得难一些、严一些，好让他们多送些。有两家企业过去是有恩于我的，就是不上套。我急了，在办公室天天打电话催。”

听着听着，我补了一句：“你怎么好意思打电话去要呢？”他望着我说，“平时我帮了他那么多忙，他的厂子不应列入企业名单的。”“他的厂子起死回生，赚了那么多，不给我不合适。”

他接着说：“那几天也担心那家厂子不会给，好几天琢磨钱的事，几个晚上都失眠了，早晨起来发现头发也在脱落。怕不给，就电话里骂他不讲良心，没过几天，派人送来了一百二十万元，这一送，把自己送进来了。”说着说着，他后悔地叹了一口气，说自己这把年纪还不成熟，在金钱面前像个孩子……

人到最后总疯狂。走出监狱，我一直在想，我们有些一生优秀的领导干部为什么总是在快要退休的时候把持不住党性、泯灭原则、私心泛起呢？从曹案来看，那种不成熟的心态，其实是他平时党性不牢，纪律意识不强的直接后果。他想着“有权不用，过期作废”，可没有想过，权力会过期，违纪事实却无法抹去，纪律的惩处更没有过期这一说，腐败了就一定会付出代价，从中应该吸取教训啊。

遇上个“生气”的司机

假期在办公室正整理材料时，领导走过来对我说：“过节了，我在，你出去转转吧。”我见他关切的语气，谦让一下后，便在办公室收拾完手里的活儿下楼去了。

出门后，望着立秋后蓝蓝的天，白云在天空中飘着。心想，京城这么大，去哪儿呢？一时间，在楼前的门口徘徊着，心不知走向何处。

于是，心里一个劲儿地琢磨着，叫几个朋友聚聚吧。便从衣兜儿里掏出手机，给平时关系不错的好友去了个电话。因是节假日，他们都在各自的忙碌中应酬着，有的陪着老人，有的在公园里陪着孩子。正举棋不定时来了一辆的士。于是，我招手司机停下，便上了车。

司机问：“去哪儿。”司机问这话时我心里还没有方向。心里寻思着：去哪儿呢？司机见我好半天没说话，又问了一句：“到哪儿？”我想了半天才说：“找个有竹子的地方吧。”

司机说：“北京竹子最多的地方，就是紫竹园林了。”

我说：“好，去那里。”

车到了，准备下车时，忽然发觉自己从办公室出来后身上没带一分钱。司机见我在兜里捏了半天，也没摸出一分钱来。他有点儿催我，看着我手机说：“有微信，用微信支付吧。”我无奈地望着他，说微信里从不存钱。司机望了望我又说：“用支付宝吧。”我说：“没绑银行卡。”司机叹气地望着我时，我已给一位朋友去了电话，说出了自己的窘相。朋友在电话里笑着说，他微信里也不存钱。他让我在公园门口等着，他说他一会儿开车过来。

司机听了，嘴巴气鼓鼓的。他苦笑地瞅着说：“算了吧，今天学雷锋了。”他睁大眼睛瞟了我一眼后，无奈地叹了一声气便开车走了。

我站在下车的旁边，望着他一溜烟儿地跑得没了踪影，心想，他遇上我这样的人“生气”也是应该的。

栈道在悬崖上

凡有栈道或玻璃栈道建在悬崖上的，多是山岩陡峭，谷险沟深，望不见底。因为栈道依悬壁而挂或横跨山岩，要的是让人有一种心惊肉跳的感觉。

那样，人走在上面，或尖叫，或腿软，或抚壁，或爬行，当然，也有阔步前行的，时不时地把头伸出栈道外面，回头睃一眼后面的人发出轻狂的笑声；也有一步一步往前移的，胆惊肉紧，不敢向四处张望。为此，有的人是想玩儿个心跳，寻求一下心理的刺激；但有的人是为了一种时尚运动，从心理上得到精神的安慰。

栈道依山崖而建，多在名山景区，一种是名山的险峻，更适合建些玻璃栈道。另一方面是一种商机，名山名气大，带来的商业机会多。近年，一些城市附近山区的景点，虽然没什么大的名气，但也兴起了登玻璃栈道热。

记得年轻时，像这样的栈道，我爬过几次，在老家的山上，有那么一段栈道，但不是很险。因多年没有爬山，也不知踏上去心里是不是发怵、腿是不是发软。想走玻璃栈道，心里多少还是有点儿紧张。

可今日爬山，心无半点后怕的感觉。站在栈道上，像踩在坚实的台阶上。脚轻盈着地，腿劲十足，有几段我还一路小跑，并与身边的游客轻松地擦身而过。走到很远时，听到身后的人在小声私语，“看，他走得多快”。

快与不快，是心境。许是人到了一定岁数，没什么担忧，心情放松了起来，快乐也跟着来劲儿了。

抓早抓小是对干部的关心爱护

习近平总书记指出："抓早抓小，防微杜渐。不能坐看自己的同志在错误的道路越滑越远。"这一谆谆教导，以对党的事业和党内同志高度负责的态度，为加强党风廉政建设指明了方向。

事物发展都有一个过程。"轻者重之端，小者大之源。"小漏不堵毁大堤，小病不治成大患。抓早抓小，是把问题解决在萌芽状态，是对干部成长负责，对干部是一种关心爱护。一些违纪违法的党员干部在被查处后，常发出"要是早一些有人对我提个醒，也不至于落到现在这样的地步"的喟叹。许多案例表明，一些党员干部都是从违纪问题开始，进而一步步发展到违法犯罪的。如果抓早抓小，加强教育监督，就能挽救许多同志，使其不至于堕落为党和人民的罪人。

严是爱，宽是害。这个道理许多人都懂，可是一落到实际中，有的同志却往往不这样去想和做。有的总觉得松一点舒服一些，管严了会让大家觉得“日子不好过”；有的感到严格要求会得罪人、丢选票，对一些违反纪律规定的人和事就“睁一只眼闭一只眼”；还有的只想“手电筒照别人不照自己”，对人严对己宽，要求别人做到的自己却做不好。正是因为种种认识和行动误区的存在，而使得一些同志思想麻痹，心存侥幸，等到犯下难以挽回的错误，则悔之晚矣。所以，党员干部应充分认清抓早抓小是呵护自己政治生命的重要手段，常怀戒惧之心，经常对照检查；各级组织则要加强监督和教育，对问题苗头早防早治，早切腐败的尾巴，把不良作风堵在党纪处分之前，让党员干部自觉强化宗旨意识和廉政意识，充分认清抓早抓小的重要性和必要性。

抓早抓小，是全面从严治党的具体抓手，是维护党规党纪的“关口前移”。“‘微腐败’也可能成为‘大祸害’。”一根不好的毛细血管可坏死整个心脏。抓早抓小好比维护党纪的神经末梢，确保这个末梢不出问题，党的组织才能更加坚强有力，党员队伍才能更加纯洁。党的十八大以来，党中央出台的关于加强作风建设的一系列制度规定，正是从不拉横幅、不送月饼等小事抓起，坚决正风反腐，使党风政风为之一新，教育了党员干部，赢得了人民群众的支持。所以要立足抓早抓小，从理想信念上夯实党员的根基，从思想认识上端正党员的心态，在成长进步上校正党员的追求，严格落实党风廉政建设的各项制度规定要求，从而使一级组织对党员末梢形成有效管控，使党员干部能够信仰无杂质、生活无尘染、工作有活力。

把权力关进制度的笼子里，光靠法律惩处、纪律处分、行政处罚等手段是不够的，更重要的是切实加强监督，未雨绸缪。一名干部乃至领导干部培养起来不容易，党员干部出了问题，给党和人民的事业造成损失，断送自己的前途和政治生命，是令人痛心的。只有本着治病救人的原则，抓早抓小，权力从笼子里出头就提醒，露头就扯袖，甚至大喝一声、猛击一掌，才能有效防止小病发展为重疾。抓早抓小就像监督的眼睛，一旦出现问题苗头，执纪问责就找上门来，组织谈话、训诫教育、大会点名等方式随之而来，通过一系列执纪问责的有力措施，确保把问题消灭在萌芽状态，及时挽救有出问题倾向的党员干部。

抓早抓小也是家庭幸福的重要保证。一名党员犯了错，受了处分，不仅个人前途受到影响，家庭的幸福也大打折扣；一名干部违了法，进了监狱，不仅断送了个人政治生命，家庭的美满也化作了泡影。所以，党员干部应自觉服从组织监督，接受组织教育，遵守组织纪律，在小处微处严于律己，老实做人，干净做事，守住个人的政治前途，守护自己的家庭幸福，以自身过硬影响家人，带动部属，为营造青山绿水的政治生态添一份力，为党的事业蓬勃发展做出自己的贡献。

桌子上那个苹果

家里桌子上每天都放着一个苹果，而总是一个。妻子说，多放都吃了，苹果挺贵的。

每天早晨起床的第一个动作，就是从桌子上拿起那个苹果削去皮后吃下，再喝口温开水。记不清是哪位营养学者讲的，早起吃完苹果后再喝大半杯温开水，便于糖分的稀释。

妻子不在时，我偶尔也多吃一个，或中午下班后回来，或是晚上。

一天，我闲着无事去了门前的超市，发现苹果贵得吓人，普通苹果也要十二三元一斤，贵的就不用多说了。我瞅着超市里的水果摊位，从那个最便宜的地方开始挑拣着。我拿起那个皮中透红吃起来脆甜的苹果闻了闻，好香啊，情不自禁地拿了两个，放进塑料袋里，让服务员一称，不由得一惊：快三十元了。服务员递给我后，我像农妇似的在水果摊前又转了大半天，轻轻地把称好的两个苹果放在服务员看不到的地方，匆匆地离开水果摊点儿，出门开车去了另一家超市。当我急切地奔到水果旁，见同样的苹果同样的价位，心里有点儿犯傻了。无奈时，便从价位最低的苹果里挑了五六个，回到家里没敢多吃。

平时，在家里吃个苹果有点儿满不在乎的样子，今思苹果，想起宋代诗人李调元咏苹果诗句，竟淡然无味，了无心情。那诗写道："虞翻宅里起秋风，翠叶玲珑剪未工。错认如花枝上艳，不知荚子缀猩红。"

坐在家里，突然想起前几天在街头上让人揪心的一幕，一个孩子吵着母亲要买苹果吃，那母亲狠狠地瞪了孩子一眼："吃什么吃，你姐在学校这个月还没交饭钱咧。"听着口音，那母亲是个外地人，出来打工挣钱定是为了孩子的学业，许是今后能让孩子吃上一个"好苹果"。

而我大学毕业这么多年，想吃个苹果，还吃不上那个最好的，在超市里还选来挑去，图便宜的买，何况那些生活拮据的人呢？思来念去，再拾起妻子的话，生活哪有那么容易，如吃个苹果。

学，才不恐慌

那些日子，我像初入的学生，一手捧着党章条规，一手握笔画线记笔记，从字句间感悟纪检监察工作的重担，从条纪中思索纪检干部的担当。

这之前，我没有接触过纪检监察工作，但与从前从事的军事检察工作性质有些相似。那是一月二十六日，我接到原单位的通知，让我到军委纪委指定的地点报到，说组织要对新入纪检监察工作的同志进行教育培训。那时，我没有丝毫的兴奋，也没有按捺不住的激动，有的只是一种压力感觉背后凉丝丝的。行不同，道也不同，自然业务工作与办事方式也会不一样。

那一刻，我对纪检监察工作陌生而又敬畏，乐观而又知难。

第二天，随着辅导授课，同志间的问答，一下子心感恐慌起来，一些党纪条规我竟全然不知。

在教室，我见大家相互交谈，没有领导与同志之分，没有外选人员与内调人员之分。一个比我职务高的同志微笑地问我些情况，他那平和与心细，近人与魅力，让我倍感亲切。

部队一些部门随着军队大政方针的改革调整而诞生成长，像我这样新步入的同志也不在少数。领导间、同志间的每一个举动、每一个细节、每一个言语，无不蕴藏着平易近人的关怀和教诲，无不体现着时刻不忘的育人和帮带，无不践行着身体力行的表率和看齐。

那一刻，我的心气神来，知之不足而决心苦学。

往后几天的授课和辅导，又感到一头雾水，心里直冒冷汗。觉得党纪条规在心里一片空白，三大任务、四种形态、五项工作，听得云里雾里，什么挺纪在前、纪严于法等等观念，又是那么陌生而不知其意。顿时，心生恐慌，危机感骤然剧增。

讨论时，更觉自身纪检工作的理论浅薄，说不在理上，谈不在点上，记不在心上。请教问题时，感到党纪条规的工作流程生疏，问不在题上，想不在路上。学习中，见别的同志谈吐自如，见解深刻，自己理论匮乏，讲得不深，悟得不透，说得不明，心里直打鼓，什么时候我能有这样的水平和渊博的知识啊。想着想着，正应了一位首长那句话："你连纪检常识法规都不知道，到军委纪委工作不好使。”

不好使，就得转变以往的想法和观念，不借办了几个案子说事，不拿过去成绩谋事，不凭以往经验办事，虚心从头学起，从转职能、转方式、转作风做起。

春节回家，望着别人走村串亲、下棋、玩闹，这个岁数自己还像学生时代一样握着那本红红的党章、条例和廉洁准则，一词一句地背，一条一章地记。突然，我想起了一位大首长说的话，要想前途光明，就得灯火通明。是啊，人要活到老，学到老。

女儿跑过来说：“爸，看谁背得快。”

妻子警示地讲：“到新单位，可不能比别人差。”

是啊，党的章规是提高依纪办事的依据，也是执纪问责的一剂良药，章规学到手，章程握在手，心不空，脑不白，事不虚。学到了，悟透了，掌握了，才能做到监督检查，挺直腰板；执纪问责，较真碰硬；派出任务，履职尽责。为此，不难看出培训时组织的苦口婆心、良苦用心。

学习中，我也慢慢地悟出这样的一个道理，光学党章条规是不够的，作为一名纪检干部不能成为墙头草，风往哪边吹就往哪边倒。当个忠诚、干净、担当的纪检干部，更重要的是学做人，守规矩。平常，我也从电视新闻中看到了纪检干部的铁骨正气，但也从报纸网络间，看到了个别纪检干部耐不住寂寞而锒铛入狱。

步入纪检之门，其实责任更重，任务更艰，生活更难。回想起培训时领导的提醒与要求：“别人能说的话，我们不能说；别人能干的事，我们不能干；别人能吃的饭，我们不能吃；别人能看的戏，我们不能看；别人能去的地方，我们不能去。”对此，真学了，真做了，做到了，铁心向党，恐慌不会再来……

生冷的笔尖

当人懒惰的时候，手中的书会越来越厚，那春风化雨般的文字也变得越来越长，总觉得那书不知什么时候能读得下去，什么时候如释重负，妙笔生花。

我常想，思维冷了，笔尖儿自然会变得生硬些，更别说写出流畅的文章。就是一段文字也得费时费力，绞尽脑汁。甚至有一段时间，阳光虽艳，天空虽蓝，手里却空空无物，脑子里思绪凝结。

忽然，凉风一来，寒冬而至，发觉虚度了时光，慢待了岁月，春风又吹走了台前的一页页日历。作家胡松涛说：“写，还得写。不然，脑子僵了，人也容易变老。”有时，在圈里我见一名博士生导师那么大的岁数，还天天笔耕不辍，写写心灵的感悟，真是让人心志难移。

于是，我在鸡鸣晨起的时候，酝酿好句子。在星辰隐约的夜里，我画上心灵的句号。有时在忙碌的路上寻找着五笔的字根，有时在出差的车上驱逐懒散的情绪。一天天过去了，我将怀乡的思念译成泪滴的文字收藏在不老的心底，我又将生命的涌泉化作心间的笔墨绵长岁月的沧桑。

一天天，我生怕懈怠的情绪而来；一天天，我又担心心里的畏难而坚持不下去。

生活有时忙得心无头绪时提不起笔，有时又在闲杂的时光中顾不上心中的思维。

有段日子，我对涉世之初的女儿说，看看书吧，多写点儿东西，那是立身之本。

于是，我又对她说，尤其是总书记的讲话，要多看，不然，话都不会讲。因为那是理论的精髓，也是思想的精髓，更是语言文化的精髓。那里的语言句句灿烂润心，字字珍藏着世间的美丽。读熟了，记住了，自然出口成章，下笔信手拈来，生活中也会自有蝴蝶前往。

后来，我又想，笔尖生冷，应是书少读的原因。古人云，笔下生花，破万卷书。其实，生活中是要博览群书的。这样，文章才有那样的境界，那样的高度。

为此，要树凌云志，在自身“根”系不深，背后“山”底不厚时，还得写，写出心中的辛酸，写得灯火通明，写出生活中的精彩。

那时，那笔不再冷落，那人也会意气风发，风华正茂。

夹着的尾巴要干净

人常说，要夹着尾巴做人。意思是说做人要低调，不能太张扬和轻狂，处处谨小慎微，以免犯下不该犯的错误。

生活中，大凡涉世之初或初到机关工作，都有这样的经历和心数。但也有人夹了一辈子的“尾巴”，最终也没夹住。

身边这样的人不在少数。那么坚强的人、那么讲规矩的人、那么愤世嫉俗的人，掌权之后或临退休之时，也没逃过党纪党规甚至法律惩处的命运。

思来想去，唯一能解释的就是夹的尾巴本身就不干净。夹时，“尾巴”里面藏有脏东西，难见天日，脏污累累，垢渍腥臭。这样的“尾巴”再怎么夹，也无济于事。要夹紧，得先把屁股洗干净。不然，屁股不洗，再夹也没用。

明白这个道理，不难理解有的同志一边夹尾巴一边做着不干净的事了，有的台上一身容光，台下卑鄙龌龊；有的在单位给人印象根正苗红，出了单位，进入朋友圈里形象扫地、胡吹乱说。甚至有的同志人前人后、乡里乡亲一身正经，处处小心谨慎，但常以天知地知你知我知的心理，背地里不讲原则、丧失党性，甚至玩弄权术和美色，东窗事发，让人惊讶不已。

夹着“尾巴”做人，自身先要干净，应一日三省吾身。自身不简洁、不干净、不洁身自好，“尾巴”夹得再紧，终有露出来的时候。人常说：“纸，包不住火。”

逗 你 玩

逗你玩儿，这句日常生活中最常见的一句口头禅，马三立在单口相声里说得游刃有余，听了让人眉开眼笑、哄堂大笑，甚至有的人笑出眼泪，有的人听后也悟出了生活中的生存之道。

其实，逗你玩儿，是生活中闲余时的一种情趣，也是妙趣横生中的某种生活段子。它在沉闷时常予人快乐，在无聊时予人一种笑料。有时，它在现实生活中把真实的故事演绎成生活的乐趣，也有的本身就是一句谎言，可心里在乎的人，却把它当真了。

生活中，这些笑料常在同事之间、朋友之间、男女老少之间流传起来，它没有高低之分，也不论贵贱屈尊。它是大众智慧的汇积，也是人生中的妙语。有时听起来那么一乐，却包含了一些人生哲理，丰富的经历。有的笑完之后，大彻大悟，茅塞顿开。

有的是放开心情，捧腹大笑。有时生活中的笑料，类似于西方愚人节中的“作弄”。

它在平静的生活中，能让一时的烦恼释怀，也能让人在忙碌的生活中偷得一时快乐。但是，生活中若把人当傻子来逗，那又是一个层面的话题了。

有时，它揭露的是官场上的丑态，讽刺一些丑恶的人。它富有风趣、幽默，用娱乐的情调调剂人们的生活，让一些搞不正之风、溜须拍马之人，让一些好吃懒做、怀揣不良嗜好之人，让一些迂腐痴呆、有悖于广大群众精神追求的人，暴露在人民群众的生活之中，为其时常敲敲警钟。

为此，逗你玩儿，来于生活，源于生活，是社会中的一种丑态和笑料，也是一种人前的提醒。

悔恨的眼泪

见到赵时，是在一扇森严的铁门里面。他抹起了眼泪，说把家毁了，对不起妻子。

赵的妻子很善良，也很朴实。那天，她让我们给赵带封信。说是信，其实是一句话，没写名字。我接过她捎的衣物和那封落款只写日期的信愣了半天，信的内容我数了数，共十个字：“在里面好好改造，我等你。”望着那娟秀的字，石头心肠的人也会感受到这位妻子的善良与诚朴。

递信时，赵的妻子无奈地叹了口气，说是一个女人把他带坏了，成天不回家。据她的妻子讲，赵在外面有个女人。为此，与赵谈过也闹过，见生活近三十年的丈夫不思悔改，女人的心是碎了，但最终还是自己的妻子没嫌弃。她说：“进去了，那女人哪还管他。”“将来出来老了，也没什么收入，再抛弃挺可怜的。”

赵爱在外面吃腥搂怀，但身边有几个女人，怎么包养的，他的妻子没有过多地追问，但他确确实实毁在一个女人的怀里。办他的案子时，有人对我讲，那是单位的管理和制度上存在漏洞造成的，但从赵人生轨迹变化来看，还是自身的原因导致的。

赵的父亲曾是一名高级干部，在大院里长大的。他曾有过兢兢业业的工作姿态，也曾有过勤奋自勉的学习情景，经过个人的努力和组织的培养，走上了领导岗位。但最终在女人面前，没有蹚过去，把持不住，不能自已。

那是一个很年轻的女子，开了一辆高档车。起初，想利用他管油料的权力加点油。慢慢地双方发展到情人关系。于是，在自己的朋友圈子里，走哪儿带哪儿，后来索性不回家。赵一时忘记了儿时父母的谆谆教诲，也忘记了入党时的庄严承诺。开始利用负责一点油料又能报销单位经费的小小权力，损公肥私，来满足那个女人的欲望。他见一次卖的油钱不够与那个女人出入一次高档饭店，又想到虚开发票骗取公共财物。一次次得心应手，心存侥幸；一次次忘乎所以，心存贪婪；一次次痴迷不返，心无底线；一次次思想麻木，心无信念。一次那个女人要办购物卡，他竟然想起倒卖油料的鬼点子，正应了那句“利欲熏心，随人翕张”的财迷心窍。这不仅让他胆大妄为，更让他一步步陷进犯罪的泥坑。

情人让他弄十吨，他答应了；再弄二十吨，也答应了。而他竟假借他人的名义进行倒卖，投其所好。但他妻子病在家里，从没掏出一分钱买盒礼品看看。

他终于栽倒在一个女人的怀里，毁掉了自己的一生，也搅痛了一个幸福的家庭。

在铁窗前，望着眼前的他，手捧妻子捎来的信，眼泪早已滴在信上……

真是印证了那句话：公款姓公，一分一厘都不能乱花；公权为民，一丝一毫都不能私用。有腐必反，有贪必肃。党以猛药去疴、重点治乱的决心，以刮骨疗毒、壮士断腕的勇气，一桩桩案例、一句句悔恨，无处不在警示，无论什么人，也不管其资历多老，级别多高，贡献多大，只要触犯了党纪国法，就会受到制裁，就会身败名裂，就会家破人悲，福荣俱损。

风 月 訾 洲

提起桂林，都知那里的山水甲天下，山清水秀，闻名遐迩。但说起訾洲，恐怕不少人一脸懵讶，顿觉知识匮乏，不知如何回答。

其实，訾洲位于人称桂林百里画廊的漓江核心地区，洲边江水环绕、山峰簇拥，与对岸象鼻山水月交相辉映、千年为伴。因唐代洲上曾有訾姓人家居住因此得名。据唐代莫休符《桂林风土记》记载："先是訾家所居，因以名焉。洲每经大水，不曾淹没，相承言其浮也。"故洲称訾家洲，简称訾洲，也称浮洲。"唐宋八大家"柳宗元先生游览訾洲时，写下了《訾家洲亭记》，誉称訾洲"胜甲天下"，他把"甲天下"和桂林的山水联系在一起是有记载的最早评说。后因"訾洲烟雨、訾洲红叶桂林秋"之美，自元代以来即是最著名的桂林八景之一。为此，南宋词人张孝祥观后叹道：“一雨便清凉，风回百草香。云山米家画，水竹辋川庄。僧赋蠲新帖，墙榛斩旧行。归鞍乘晚霁，空翠满轻装。”元代名臣吕思诚路过即思成章，便有诗为证：“分合滩头见訾洲，訾洲烟雨水云秋。空濛细縠沙头簸，散乱跳珠波面浮。鸥鹭飞翔来上立，蛟龙腾跃此中浮。蓑衣箬笠垂杨外，时有渔人横钓舟。”风月訾洲，我个人认为：漫步可心的漓江风光，江水的迷恋，象鼻山的顶礼膜拜，爱情岛的人文景观……这个方圆不足一公里的地方，应属于訾洲风月雪夜、烟雨行舟的景观范畴。柳宗元观看象鼻山，就是坐在对岸的江边，戏望象鼻饮水后，动情地写道：“今是亭之胜，甲于天下。”难怪站在桃花江口仰望象鼻山时，常听身边的游人说，唐代诗人柳宗元是坐在对面看象鼻山的。

无论是站在象鼻山上观看訾洲烟雨行舟，还是在对岸穿岩观洞而叹，都应属于漓江的水浩瀚烟渺憧憬的时光。有人夜游漓江，感受象鼻山与訾洲辉映的两岸灯火，那变幻如星空般的柔情江水，给世人一种眷恋，一种余犹未尽的惆怅。

也许晴如天蓝漫步江边是一种心情，也许雾如浩渺立在岸边是一种心境。

那早，烟雨蒙蒙，雾泼两岸的山峦时，我见漓江雾飘水静，朦胧如纱，多少烟雨的故事染指红尘，多少烟渺的历史化作缕缕青烟。

于是，我想用踌躇的目光，拨开訾洲岸边的风花月夜，寻找柳公酒后的醉态；我想用多日的情怀，泼进浓雾的朦胧烟雨，看一眼含露如玉的姿态，也算是风月訾洲吧。

那洲在淡浓相宜的晨雾里，如烟似雨，似月如风，像少女的眼泪滴淌在醉人的心里，飘进在爱怜的思绪中……

家乡的遥望

每当提及家乡，我总是一往情深地抬起头眨着望眼欲穿的眼睛，想着家乡的山、河里的水，念着远去的亲人，想起房前屋后那股炊烟袅袅中飘来的阵阵菜香。

那是家乡的味道啊！是什么时候这个味道从家乡的风中断了线呢？是什么时候这个味道开始从心底变成久远的思念呢？

是父亲，也是母亲。是他们将生命的躯体变成青山中的野草与土壤时，那家再也找不到往日飘香的味道，那个童年无虑般的快乐；再也找不到那个亲情的呵护，听一声爹娘的回响。

父母不在，家就变成了遥远的故乡了。那个情结如山般地开始堆积在心里，也开始在心中巴望儿时的欢笑、童年的时光。那欢笑，是父母在举步维艰的生活中为儿女撑起一片朗朗乾坤的天。

天，下雨有伞。天，冷时有衣。

我不知是什么时候，开始遥寄家乡的山了。那山在心里像父爱的影子，厚重而敦实，不可抹去，不可独得。夜色降临时，我眷恋着，想把心依偎在家乡的月色里。心存迷茫时，我远眺着，便把放出的心线做成思念的泪珠，挂在生活中风雨交织的路上。

我曾经站在山尖儿的风口呼唤着，也在奔流的河水中叠起心念的纸船祈福着。那向往难离的家乡啊，岁月怎么总是在日月的星辰里催着生命的年轮呢？窗外的月亮再圆，不如家乡的一抹月色。窗前的月光再明，不如故乡的一曲萤火。

在异乡的土地上，我常念叨着家乡的味道，那缸咸豇豆，那串腊肉，那双夜里母亲赶做的布鞋……那是家乡的味道，家乡的辛酸，也是人生之初的味道。那味道绵延在不歇的生命里，却唱着一首流浪的歌谣。

人没了父母，心在流浪。人没了父母，身在漂泊。

崔颢说，日暮乡关何处是？高适讲，故乡今夜思千里。白居易叹，望阙云遮眼，思乡雨滴心。那个草原的女儿呢？她称，故乡的歌是一支清远的笛，总在有月亮的晚上响起。

为此，我目思着家乡的山，远啊！想着遥望的家，难啊！在难以归途的路上，在听不见的风中，在呼不应的雨里，我默默地泪液滴淌。

于是，我总在遥望的目光中莫名地泛起一种不成现实的幻想，不想成长，不愿长大，围着母爱的衣裙里，叫着应声而来的妈妈……

那个情，总是望眼欲穿

人过半百，当我人生第一次在大年三十里坐上探亲的列车时，一种情总在心中像潮水般地涌来，在深情如水的眼眶里是那么地望眼欲穿，又是那么地心有牵挂。

女儿说：“爸，又剩我自己在家了。”话音没落，我见她两眼已滴下了眼泪。

是啊！当故土的思念与骨肉的亲情发生相互碰撞而不能事遂心愿时，我常鼓励不能一同前往的孩子在家学会独立与寂寞，也在传统文化的孝道中懂得学会尊重与理解。

年，是守望者的一种精神寄托，也是祖祖辈辈留下的一种信念与习俗。这种精神蕴藏着人的忠厚、人的孝敬、人的情结，它让人与生俱来地在年的奔波中想着心中的向往，也在幸福的日月中学会阴雨连天般的坚强。

这个习俗，无论漂泊何处何地是否幸福和快乐，都会在年根儿靠近的日子里，搭上思乡的心思，去跪拜父母育儿时的那份谆谆教导，那份德忠诚孝，子承父业。

那份情，我总在心中眉锁愁凝地试着在亲情中体会着远途劳顿的辛酸，也在爱意如丝的脑子里想尽心中涌出的头绪去做一个忠孝之人。

忠孝，这个千古育儿之道的“圣经”，在我的眼里有时是那么地艰难，每走一步都有割舍般地疼痛，不是抛下妻子，就是舍下女儿。那种情让人变得自私不顾一切地前往，也让人生下一种固执的情绪扎进不能自拔的心里。

我常想，那是年啊。一家人守望的年啊。当父母在故土的黄昏中化作风雨时，那个情结谁又能在心中磨灭得了呢？

那个情，我常站在北方的家门口，梦幻般地思念。思念在忧郁的眼神里，如丝如缕，不时地从眼前袭来……

偶遇象鼻山

因工作的缘故，身临桂林这个人称山美水美令人羡慕到窒息的地方，已是第三次了。

前两次可谓是匆匆别过，那时高铁没有修通，上午急忙从广州赶来，下了火车办完事，直奔机场飞回了北京。而桂林的印象，在心里仍是停留在中学的地理课本中，儿时奔过几里观看电影《刘三姐》的记忆里。

生在山区，长在河沟旁，总觉得外面再美的山水景色，不如家乡的好，也没有老家的迷人。正是这个原因，每次前往桂林，我见拥挤狭窄的街道上车行如牛，摩托车到处乱窜，总想办完事快点儿离开这个地方，离开人称“两江四湖”那个诱人的美丽景色。

这次奔赴桂林，仍是过客而已。若事能早点儿忙完，仍得前往另一个早已安排好的地方。而与前两次不同的是，这次刚到桂林，发觉某部队医院门口竟是象鼻山的边沿儿，医院与象鼻山门口不足三十米。

原来多年念叨的象鼻山，竟这样在人生中偶然而遇，抬眼相见。

象鼻山位于桂林漓江与桃花江的交汇处，是漓江江边最富有传奇色彩的景物之一。它的自然美景，它的人文宣传，它的历史记载，都能让人慕名而来，兴致而往。

宋代文人路过象鼻山叹为观止，文思泉涌，感叹道：“水底有明月，水上明月浮。水流月不去，月去水还流。”明朝诗人孔镛感慨地说：“象鼻分明饮玉河，西风一吸水应波。”据说，象鼻山的洞壁上，还有范成大即兴而名的《复水月洞铭并序》。

于是，我起了个早，在游人晨练的时分，我便漫步在象鼻山上，漓江边旁，望着慢悠悠的漓江水流，从象鼻石洞缓缓而过的江水，感叹自然界的鬼斧神工把美丽的山川装扮得惟妙惟肖。

我站在两江的交汇处，瞅着依偎江边渴饮而喝的象鼻，此情此景，难怪古时文人墨客豪情万丈，仰望兴叹。

有人说，柳宗元坐在对岸隔水观望，有人说小鬼子逃到象鼻山顶被八路军揍个半死，还有人说走进不远处的爱情岛上要过两座石桥稍高的那座，说是幸福多多。

传说的，是让人心存更多的欣喜。去过的，也是为了让人心情更加愉悦多蜜。

我站在岛上，思着沿漓江而去的河水，哪半是桃花江上的呢？愿它从象鼻里穿过，奔入阳朔的川里，回荡着刘三姐的歌声。

那歌声甜甜的，宛如少女的眼睛，在漓江边上眸动着，似一幕幕春光，恰似一对对痴情的男女……

清　　静

人生最富有的心态，莫过于忙碌后的轻松与安静，莫过于坐在亭台楼阁，品着清香淳朴的春茶，闻着身旁的鸟语花香，听着脚下的小桥流水。

可这种悠闲自得的日子，几十年来一直在心中向往过，也不时地许愿过，说是等忙完这段时间后，找个安静的地方，关掉手机，躺上几天。说这话时，已好几年了。好几年就想一个人一桌一椅，一茶一心静。在一个人生地不熟的地方疯疯癫癫，或喊或叫，或思或想，坐在茶几旁傻傻地望着树枝上的小鸟窜来窜去，或起身俯首闻着眼前的花香。

记得是春分过后的一个下午，我到了一个不曾熟悉的外地，人称山水比较秀丽的地方，所在的住处靠近山旁的江边，推窗能看到葱郁的山竹树绿，哗啦啦的江水声隐隐约约地从树密的枝叶里穿过来。心想，这是一个比较幽静的场所，给人一种清静而又安心的感觉。

于是，忙了大半天回到房间休息时，服务员说：“去楼上平台吧，那里有茶座。可安静了。”

原想回到房间倒在床上眯一会儿的我，听了后即刻抬腿往亭台走去。

亭台不大，靠近江边放了三四张茶几。我见这么个幽静雅致的地方，信步走了过去，一屁股坐在茶椅上，望着亭前郁郁葱葱的山。

那山不高，似乎显得有些灵气。我听到江水淙淙地从山边流过，那水声似乎给这静静的楼台添奏了一曲安静的神秘。

我端起茶，见热气从杯中慢慢地缭绕，一时飘到眼前不见踪影。

好静啊！我似乎能听到这清茶飘香的声音。我瞅着两三只小鸟在亭台边的竹林里叽叽喳喳地飞来飞去。忽然想起了“偷得浮生半日闲”，忽然想起了“闲持贝叶书，步出东斋读”。

找个清静的地方，实际上是给心灵放个长假，让心轻松一下，除掉心中的凡尘杂事，洗净心里的烦恼与焦虑。

其实，人需要静一静，静能养身，也能养气。心静了，自然浮躁的心态没了。心静了，自然不安的心不躁了。

找一个不大的地方，那个安身安心的地方，哪怕待上一会儿，也是心灵的福气。

我抿着一口儿茶水，伸着多日想伸的懒腰，愣愣地瞅着这个不大的亭台，好静，真的好静，静得似多年的心音……

清明的雨

在成长的记忆里，不知从什么时候开始，每到清明时节，总是阴雨连绵，淅淅沥沥地下着小雨。

那时，那雨在心里总觉得给人带来不便，走在村子里，坑坑洼洼，常是泥腿斑斑，盼望清明那天去后山的时候，能遇上好的天气。

随着落叶的飘零、年岁的老去，慢慢地发现清明的雨与平日的雨是不一样的。它的颜色、它的雨滴、它的飘落是有记忆的，像人流下的泪滴，挂在后山的草丛中，给人一种无穷尽的思念。

那是清明的雨，像圣洁的眼泪，它流出的是一个人的忠厚，也是一种孝道。那雨落在身上，掉进心里，除一种对先辈的哀思之情外，还有一种育心警世的作用。

有时，我常想清明的雨是什么样子的呢？

其实，那雨滴下的是后人对先人的敬畏，也是对生命的敬畏。

为此，每到清明时分，总有雨滴飘洒人间，来洗净人的心灵，告慰生者的希望。让人在不易的生活中懂得相互敬重，懂得幸福的不易。

有人说，清明的雨是黑色的。对不幸的家庭来说，流的是伤心的眼泪。对晚辈来讲，它却是一种追思，一种孝心的释怀。

我常站在村头儿，瞅着细雨蒙蒙的天气，想让雨滴打在心里。也在这样的时分，不远千里赶到儿时的山村，挥着雨的记忆。

任雨滑落心间，任雨追思过往的倩影。仿佛雨像天上的眼睛，一眨一眨的，闪滴在古老的传说中，闪洒在人生的时光里。

那是清明的雨，不管多远，不论多忙，都要追着雨的精灵，静静地捧一把泥土，覆盖在先辈的土丘之上。

那是雨的眼睛，看到活着的人们……

人情的味道

在中华大地有一种千年来的习俗，那就是春节期间相互往来的拜年走亲戚。

过年不光是亲情间的团圆、骨肉间的相聚，而更多的是亲朋好友间的相互往来与联系，这不仅是传统文化沿袭下来的一种习俗，也是人与人之间维持互相尊重与关怀的一种途径。

这种人情的厚薄彼此，缘于一个人的修养与练达，有的人豁达开朗，彼此真诚相待，自然朋友多些，过年的走动也自然繁忙一阵；有的人心胸狭窄，彼此间又爱斤斤计较，当然接触之后发觉其爱占些便宜，自然就想远离这个是非之圈；有的人生来忠厚老实，兄弟间常是好言好语，任劳任怨，自然容易相处；而有的人虽不是一母所生，但三观不同自然吃不到一个锅里，更是各怀心思。

其实，人情的冷暖是有味道的，酸甜苦辣咸无处不在。高官厚禄的人常门庭若市，脸上是乐呵呵的，心里是春风得意的；一旦失去权势门槛能生出铁锈来，也容易遭遇鄙视的目光，心里自然是凉凉的，不是滋味。

面对世俗的眼光，不过人情会在辛酸中得以改变，有的会在势利中变出馊味。有的人能忍气吞声，在人情薄如纸的生活中把握住了自己的命运，活得精彩起来。这样，人情的味道发生了变化，由酸变甜了，羡慕的目光也多了起来。而有的人心中揣着膨胀的私欲，做事爱耍些咄咄逼人的脾气，自然财源慢慢散尽，气场慢慢失去，人情的味道也不再风光无限，到头来落得一地鸡毛，自然酿出苦果，冷落得无人问津。

所以，人情的味道随个人的走势而波动，厚道的人心是热的，当然味道如蜜。

有一句谚语，爱人者终被人爱。过年了，一个电话、一条短信，那是心灵的问候，也是人世中的关爱。若在他乡能有一起举杯叙旧的景地，那不是至亲胜似至亲了。那味道，自然也是幸福快乐的了。

山山岭岭映山红

“芳草绝怜随意绿，野花真是映山红。”在我的老家河南新县，每到人间芳菲的四月时分，常是万朵红花从山岭缀满了山冈，那花粉如桃瓣，朵朵盛开，火红一片。当地人习惯叫它“闹羊花”“羊踯躅”，也有人称它为映山红。有时，肚子里有点儿墨水的人常在人前文绉绉地说：“那是杜鹃花。”

杜鹃花也好，映山红也罢。山村里的人对其了无兴趣，因为此花花瓣本身含有一种有毒的花素，故村里人不太喜欢它，也没人刻意前往山上折上一枝，拿回家里插在堂屋桌子上的花瓶里，或养在家中的院子里。后来，在了解此花的习性时，有记载最早见于汉代的《神农本草经》，书中将“羊踯躅”列为有毒植物。可是，到了唐代，随着当时休养生息，生活丰衣足食，社会平和安静，人们开始赏山阅水，游景观色，该花成为人们喜爱的观赏植物，尤其是文人墨客、贤达贵人，不惜时光，跋山涉岭，指花为题，兴诗泼墨。如著名唐代诗人李白、白居易等人常春藏山中，漫步江南山色，欣赏满山盛开的映山红，并写下了不少优美悦心的诗句。在宋代，也有一些富裕人家开始在自家庭院中移植栽培起来，好供文人雅士追捧观赏，闲度时光。诗人白居易在诗中写道:“深山老去惜年华，况对东溪野枇杷。火树风来翻绛焰，琼枝日出晒红纱。回看桃李都无色，映得芙蓉不是花。争奈结根深石底，无因移得到人家。”

记得小时，每年春色纷纷而至，山红树绿，鸟飞燕嬉，我们随着父辈们去山里打柴，每次回来的路上，路过老家后面的一座大山，翻越到一个叫凌云寺的山顶时，见映山红从山坡一直蔓延到山顶的石岩旁，像满山盛开的桃花，红红一片。于是，我们放下肩上的担子，不知心中的酸累，爬到山顶不远处的那个石岩上，站在那里，放松心情，望着周围无尽的春色，顿感身子里的轻松。

那花，红红的，好美啊。不知是谁跑到那花的丛中，正要折上一枝时，这边的大爷急忙喊着，“快回来，那花不能折，花有毒”。

只见那人三步两步地迅速跳出花丛，跑得远远的，站在一旁喘着粗气。

自此，每当春染山色，山上的映山红红遍山冈，山村里的人似不知花期一样，扛着生活的希望，依旧沿着山中的羊肠小道，担起肩上的担子，翻山越岭，流淌着心中的艰辛。

后来，记不住是什么时候，我瞒着父母，上山放牛时在山上折了一枝拿了回来。隔壁三奶见后严厉地对我说：“快扔掉，那花有毒，小孩子不能玩。”停了好一会儿，她又若有所思地说，“它像红军的血，那花救了好多红军的命，村子里的人都不去折断它、损坏它。”

老家在大别山深处，属于红四方面军首府发源地。红军时期，那里的人牺牲了很多，为了播种革命的火种，家家可谓是前赴后继，有记载不到十万人口的山区，当时献出了五点五万多个乡亲的生命。难怪在新县，常听人们说，家家有血泪，山山埋忠骨。有一年的春天，正值映山红开时，有一个湾的人，为掩护十几个红军不被国民党民团搜到，把他们藏在山中的映山红里，民团搜了村子，威胁时还打伤了几个湾里的人，没见到红军，便沿山村后面的小路追到凌云寺，见山顶到处都是映山红，放了几枪，没见人影，便掉头回城了。

往后，每次回到新县老家，见山岭一片片红红的映山红，我都要凑到近处，沿一片片映山红走去，仿佛见一颗颗红红的红星落在树林里，挂在树枝上，那是先烈的血，给人一种酸楚的记忆，那是红军的泪，滴在大山里，孕育着一代又一代的生命。

于是，我目睹那山山岭岭盛开的映山红，那段历史的记忆，却给后人留下了福满乾坤的祥和啊！

于是，我走在这块土地上，在人间四月的天里，我仰望着，仰望一枝枝鲜艳而绽放的映山红，心里不由得翻阅那段历史，谱写那段情怀。心想，唯历史而明志，那山山岭岭怒放的映山红是在为红色的江山而开，为老区儿女幸福的生活而开……

听　海

海是什么，海纳百川也。《礼记·乡饮酒义》讲，海势圆，就地心也。海味咸，湿热之气蒸也。海气绿，穹苍之映，云雾不能隔也。

海是什么，海是有心声的，也是有灵魂的。

宁静时，它像母亲搂着熟睡的婴儿，安逸在自己的怀抱里，那隐隐传来海的声音，似母爱育人的曲子，在平静的海面上泛起着心的涟漪；躁动时，它又像一个调皮的孩子，在海水里舞起自己的青春，让心荡漾，让水拍岸，让人在奋斗的路上激起一种澎湃的心境，可有时它又像是个固执的老人，发着怒吼的脾气，波涛汹涌，肆无忌惮，有时狂风卷来，袭击临近的村庄，打乱人们的生活秩序，有时风雨大作，摇晃着海面，驱逐着海水，这时它倔强的声音有点儿让人嫌弃。

于是，站在海边，有人望着霞光喷薄的早晨，说海在微笑；有人光着脚丫踩在细细的沙滩上，见海水淹过脚脖，说是海的抚摸。

于是，有人来到海边放松着多日愁眉不展的心情，任海撩戏，有人索性奔到海里，酣畅淋漓地拥着波涛的心音。他说，海能安心。她说，她能听到海的呼唤，仿佛自己成了海的女儿。

在海边，有人听到波涛，说那是给人一种强健的灵魂；有人见到海风，说那是生活中的风雨，如海风一样，诉说着同样的艰辛。

多情的人站在海边，听到了海的浪漫；苦闷的人捧起海水，品尝的是一种咸味；忧民的人，望着风浪，倾听的是岸边的呼声。

记得在海边，我遇上一个多愁善感的人，在静谧如墨的夜里，她听到了海的哭泣。她说，那声音从海的那边飘来，淹没了海水，也吞没了往日的宁静。她说，那是海的痛，像风浪一样击在人生奔流的海里，只有静静地听，才能知其哭声，才能读懂柔情似水的缠绵、海枯石烂的真心。

难怪看海时，有时浓雾笼罩，不见其峥嵘。有时风雨大作，不敢闻其声音。

智者告诉我，听海要有真情，也要有真心。有情的人听海，日跃海面，红彤彤地映来，海在微笑。厚实的人看海，雾消云散，海会送来迎客的笑语。他说，大凡私心凝重的人，见到海不是浪高就是风大，不是天阴就是雾浓，海不会露出自己的真心让其独享其成，也不会在日出的时分让其目睹风平浪静的海景。

众人千相，海纳百川。其实，听海，不同的人听到的是不同的感受。海水有音乐之美，有和悦之灵，有艰涩之语，这都是懂海之人。懂海，才能听到海里发出的语言，才能读懂海的故事。

为此，每次走近海边，聆听海的心事，每当那波涛从海面卷进心里，我静静地望着，把心扔了过去，任海水荡漪……

我心潮州

与友人萍水相逢。他问，到过广东吗？若要去，一定要去潮州那里看看。

有谚语云："到广不到潮，白白走一遭；到潮不到桥，白白走一场。"

潮州是个什么样子？从央视新闻见得最多的是，每次台风袭来，那里风大树摇，雨虐街头，危情首当其冲。说句心里话，对于潮州，我了解得不多，除平日很少吃的那个街头潮汕牛肉丸外，多是与朋友聊天后翻其地方史书，才略有些了解。

潮州定名于隋代，宋代被誉为"海滨邹鲁"，是粤东人文荟萃之地。每到春节或是元宵节，当地习俗有赛大标、演春色、斗锣鼓、扣英歌、游灯屏等民间举行的喜庆活动。不过，近些年，随着商业的兴起，一些人唯财是道，潮州的这些传统文化，多在游人如织的地方演出，乡间组织的少了。

到过的人，想得最多的是当地一些小吃。芥蓝炒牛肉、牛肉丸子……没来时，总觉得牛肉最好的应是北方内蒙古、新疆等地的，可东海沿海一带的潮汕之地说其是美味佳肴，心里多少还是有点儿不服气的感觉。但那天在古城边的一家小店独享其食时，却发现这里的生意人精灵精灵的，有损历史沿袭下来的招牌。一盘芥蓝炒牛肉，芥蓝有，牛肉也有，但都是碎末末，并盖在米粉上面，我翻阅传统美味的图片，笑了。心想，这才叫生意人。一盘牛肉丸也是，四五个丸子放在面粉中间，我看了看服务员，无语地吃了两口，起身走了。

自唐代以后，难怪古时官员多被朝中贬到此地。据地方志记载，唐朝中期，常衮、杨嗣复和李德裕三位宰相先后被贬为潮州刺史或潮州司马。但他们在潮州都做了些有意义的事情，受当地民众的拥护。

韩愈被贬期间，常到乡间亲身体察，问民疾苦。传说当地民众当时饱受江中鳄鱼之苦，他令部属杀了一头猪，投入溪中来为民解难。当日祭毕，鳄溪电闪雷鸣，风雨骤起，数日后溪水暴落，鳄鱼退去。民间以为鳄鱼真解人意，遂改“鳄溪”为“意溪”。为此，他写下了千古名篇《祭鳄鱼文》，后来民众为了纪念韩愈，将鳄溪改为“韩江”。

翻阅韩江的历史，古时不少诗人漫步潮州时，面对当时的此情此景抒怀了心中的感情，并留下了历史的见证。唐代诗人王建在《送迁客》中写道：“万里潮州一逐臣，悠悠青草海边春。”南宋词人刘辰翁有诗为证：“无能也自收郿坞，到今恨不贬潮州。”元代诗人杨维桢说：“只欲浮家苕霅上，小娃子夜唱潮州。”明代诗人高启也曾在这里生活过，他叹道：“潮州司马成何事，回首空愁足万羊。”清朝诗人徐乾学更是露骨地评说：“蛮女科头足踏尘，丈夫偏裹越罗巾。”

游人各自心境，感受各有不一。古人是这样，今人也是这样。

走在古城的街上，我见那青石板铺成的巷子，仿佛历史的斑痕像泪滴一样，滴淌在两边的墙壁中，刻成久远的记忆。那记忆里蕴藏着多少红尘，多少催人泪下的故事。那光溜溜的石板上，不知走过多少个春秋，多少个日日夜夜，多少个“此心曾与木兰舟”的人间友情，那友情镶嵌在历史的星辰中，有幸福，有快乐，也有像贵妇人牵着狗一样过着闲适的生活，但街头也有乞讨的怜者，巴望过客扔下一块叮当响的银圆，说是天上掉下来的馅饼。

于是，我沿这条古街青色的巷子走着，忽然想起刘禹锡走在青石街头指指点点的情景，“朱雀桥边野草花，乌衣巷口夕阳斜”。

是啊！夕阳再红，只是近黄昏。

走在潮州的土地上，想着一道道奔流的历史车轮，那残阳如血弱者凌欺的画卷，总在心中不时地迎面扑来，总是辛酸如雨般地书写着一道人间的苦楚，一道与生活生生相惜的古老记忆。

一寸山河一滴血啊！每踩一块土地，每见一个古城墙的衰落，无论多么贫瘠，多么富有，我心依旧，依然像故土一样忠诚地守候。

湘江之株

一条八百多公里长的水系，从广西的崇山峻岭浩浩荡荡地流向长江南岸的洞庭湖。那条宛若仙女飘带的湘江流域，蜿蜒在山川平原之中，可在长沙的附近，除那个伟人诞生的地方一座名叫湘潭城市外，我却对另一座城市的安逸，生活中的包容而顿生情怀，顿觉国家的开放与发展给辛勤的人们带来勃勃生机。

朋友说："这个城市很包容，人也包容。"他说这话的意思，这座城市多是外来人口带来的发展，人与人之间的心灵与个性能够彼此尊重与理解，相互融洽与包容。

这座城市叫株洲，位于湘江江边上。它是重工业生产基地，也是我们出行所坐的高铁车头的生产基地。人常说"湘水之珠"，它才称得上湘水之"株"，湘江边上一颗璀璨夺目的明珠。

那是一个雨天，街头零星点点地下着小雨。雨滴不大，站在街上见点点滴滴的雨水滴在头上，顿感一股清新的空气从雨水的点滴中飘进了心里，我望着这座陌生而又充满活力的城市，虽然心有担子，但走在大街上没觉一点儿压力。

我所在的住所，离湘江很近，那里有一个人工湖。湖水边上一栋栋拔地而起的高楼，那环周翠绿如葱般的草坪，那棵棵鲜艳如花的绿化地带，那条条泥水不染的路面……突然发觉，那个随改革开放伴随而来的焦虑心境，却在这座城市荡然无存了。

朋友说："这里生活的人，湘人的'辣'性少了很多。多数与他人共容，过着南来北往的生活。"究其原因，还是北车南迁给他们带来了机遇，也是改革开放的战略给了这座城市生机。它距长沙不到五六十公里，而大都市的繁华与浮躁没给它的发展与未来带来"急躁"的诟病，也没让其盲目地发展。而它恰恰依江而流，顺势而为，打造高铁的发展理念，创造为民乐业的生态环境，形成了一个小富即安、小康足食的生存心态。正是这种心态，却让生活在这座不大城市的人们，有了富裕感、幸福感、知足感。

在品味这方水土时，我也翻了一下地方县志。株洲，古称建宁，又叫它槠州。公元二一四年，三国东吴在此设建宁郡。唐贞观元年，建宁并入湘潭。古时，当地多槠树，湘江过而多沙洲，故株洲又称槠洲，到南宋绍熙元年正式定名为株洲。

提起株洲，人们常说的炎黄大帝中的炎帝曾生活在这里，并有炎帝陵为证。为此，这里的地脉在中华大地的起源史上应是浓浓的一笔，也是“龙”的化身。它的起源，它的文化，它的丰衣足食，足以与川流不息的湘江之水相媲美，与历史的长河相辉映。

它依偎湘江，相哺岸边的居民。当人们乘风破浪，踏上高铁只争朝夕时，那块土地已孕育了一个殷实的时代，一个给人们带来美好生活的未来。

那是湘江边上的一座城市，一个大都市环周夹缝生存的一座美丽城市。

心不在花城

站在广州街头，瞅着这座人称花都的城市，大清早见身边匆匆而过的行人，我拖着那个随身而行的行旅箱，目无心思地望着这座商潮如水的城市一角，心不在，花再艳，只为他人所开；心不在，城再美，只是一夜宿舍。

我曾多时想找个机会，说到这座花都城市来看看，看看它的时代商潮，看看它的花容月貌，看看它的春茶早饮。也曾在心底想过这座美丽的城市，想瞅个时间踏上白云山的草丛，端详着其花的蕊色、榕树的舒展，听着粤语的人家，寻着南粤的故事。

我曾走在北方的田野，挥着手中的稻镰，挑着酸累的担子，向往着这座开放的城市。

邻居回来说，那城可大了，满街是洋人。没多年，邻居回来又说，那房可贵了，买不起，还是乡下的好。

我常想，好的东西，不一定属于自己；再美的东西，也不一定适合每一个人。古人讲，适者生存，应是这个道理。

于是，我走在这条花香扑鼻的街上，没有一丁点儿多留一会儿的心思。

因为我，不是喝着珠江的水长大的；因为我，习惯了北方的早餐。

我望着这座楼密如蚁的城市，车行如牛的街道，想给多年未见的朋友拨个电话，告诉他我到广州了，我怕这个拥堵的街上，他到了已是晌午了。我想给昔日下海的玩伴儿发个信息，告诉他昨晚到的，现坐上回去的高铁了，我怕见到他满脸辛酸的额纹，诉说生活的不易。

于是，我沿珠江的岸边走着，那多情的水，没一滴在心里存流，那“小蛮腰”的风情，没一刻变幻在匆匆过客的心底。

这个世界上，熟悉的还是平时自己喜好的地方，痛爱的还是关爱你的人。

那里再好，终究不属于自己的。那里再艳，终为他人作嫁衣裳。

为此，我拉着手中的行旅箱，丢下身后的城市，挥手招了个的士，上车前往回家的路上……

学会善待

大千世界，芸芸众生。你喜欢月色，月光与你柔情似水；你热爱阳光，霞光与你色彩斑斓；你钟情雨滴，雨露与你滋润心田。

学会善待，其实是学会爱护自己。

人性各异，社会又形形色色。不善待自己，容易误入歧途，也会掉进泥坑。有的看似热情似火，其实背后是一个人生不可抗拒的大窟窿；有的看似阳光灿烂，其实暴雨就在山的那边。有的人掉进去了，摔得再也没有光亮的世界；有的人遇风而止，拥有生活的春天。

这个世上，生活不会宠你，别人也不会宠你。若要宠的，只有自己爱护自己，自己善待自己。自己有能力了，生活中的日子一天比一天过得更甜蜜；自己会处世了，别人就会善待你，钟情于你。

爱一个人容易，善待一个人难。善待要有大度之心，大方之气；善待敢有乞丐之朋，贫贱不嫌。

有的人见了粪土就厌恶，见了贫穷就嫌弃。这样的人难有善待之心，也不会做怜悯之事。有人说，别装穷，没人去同情与爱怜；也有人说，别哭叫，没人知你心有多痛，泪有多长。

学会善待，其实不是要求别人，而是成长自己。人生的路有泥泞也有坎坷不平，有低头也有仰喜于面，有委屈也有自信华章。在泥泞的路上，学会不卑不亢；在低头的日子里，学会沉淀与安然。再委屈的事也会随风而过，再难处的事，也会冬去春香。

人生也许很长，长的是路中艰辛困苦。人生也许很短，短的是岁月催人心老花黄。卑微的人说，岁月静好，吃饱喝好；勤劳的人说，种子饱满个儿好，明天更美好；忧民的人说，眼下虽好，华夏之福要无穷尽地好。

于是，有的人不善待自己也不善待他人，性情暴烈，张口粗人。有的人只顾自己，不管他人，得了好处，过河拆桥。有的人处事分忧，爱护自己，也呵护他人。

善待，其实不是自身的情愫多少，而尊重的是客观规律。

人，懂得客观规律的变化，才知事物的真正变化。如祸从口出，如好人有好报，如吃亏是福，如……

有一份善待，就有一份敬重；有一份善待，就得一份福气……

附　录：

我请读者来作序

《回家的路》即将出版了，那里的文章大多数是我出差途中利用空闲时间在手机上写的，有的是在飞机上，有的是在高铁上，还有的是在去乡下颠簸的路上，甚至饭前饭后休息的时间里也没放过那多情的指头，让它在狭小的手机屏上不停地忙碌、抒情，有的刊发在《新华每日电讯》《解放军报》《中国纪检监察报》《散文百家》，有的被作家网、中宣部“学习强国”平台转载……

那时，每思一物或每见一景，那些心灵感怀的东西，我总是在工作余暇的时间里把它从内心的情丝中记录下来，让它成为一种记忆，让它成为一种习惯，让它成为一种爱好。一位老首长见了对我说：“你的文章写得很好，把它整理出来吧，出个集子。”

一位作家协会的朋友看了对我讲：“你的散文很有功夫，真的写得很好，你把它整理出来出版吧。”

于是，不知哪儿来的勇气一连整理了四本散文集。突然，在作序上我犹豫了起来，请谁呢？请谁来作序呢？思想半天，忽然眼睛一亮，何不请上亲爱的读者说上几句，让他们用美妙的语言激励我笔耕的勇气，让他们用心中的肺腑之语为我的写作之路建言献策。

于是，我真诚地邀请了他们，也真诚地谢谢他们，他们用美丽的心灵激励着我，鼓舞着我。

于是，读者的只言片语、饱满真情地在为我鼓劲儿加油着，他们的情，他们的爱，他们的厚望与祝福，都洋溢在那段真情的文字上，也融进我人生奋进的追求里。

你写的文章非常感人！非常用心！非常细腻！用的是真情真心，像读朱自清的散文一样，读了让人感觉很舒服！

——微信网友天行健

你的文章我几乎每篇都看，读你的散文一会儿让人沉思，一会儿让人感慨，一会儿让人落泪，一会儿让人欣喜……你的《那似海的情》写出了一个读者的心声，能让人产生共鸣，你的《我的悲痛化成雪》道出了人间真情和对生死的无奈，那篇《豇豆情》叙述了人世间在涉世之初时的艰难和对生活的向往，《南方有香山》写得文笔飘逸，《南京的雨》让人感慨万千，《爱上我吧》其实就是一个普普通通塑料袋上的广告标语，寥寥几笔写得既让人懂得生活品位，又让人追求事物的质感，《枫藤》就是我们日常所见的爬山虎，你却写得有血有肉，有情有义，《夕阳满屋》写出了家的温馨，《小河边》写出了人间生活的浪漫与美好……你的游记《壶口的虹》《窑湾夜话》《枣庄的灯光》《走近喀什》《小七孔的水》《天湖纳木措》《冬到沙漠看日出》等等，能让人放下笔头，打起背囊去远行；你的目物所思《把日子过好》《别把爱不当回事》《把心思放在正道上》等等，虽然文简篇短，但却让人静坐反思，对照自己。你的文章每篇虽然篇幅不长，但都写得真情饱满；你的文章虽然不是什么长篇大论，但每篇里都有可圈可点感染心灵的语言和句子，让人激动，让人爱看，让人喜欢，让人警醒，让人励志。总之，每个细小的东西，你都有那样的感怀，那样的一往情深。我总是想，你工作那么忙，还能坐下来静心写东西，难得，难得。

——武警出版社原社长高津滔

读王军的文章，就像把玩一颗颗晶莹剔透的珍珠，无论从哪个角度看上去，总是那么五彩斑斓，赏心悦目；它又是晨曦下一滴滴清澈明亮的露珠，总能折射出太阳的光辉来。一碗米粉，便能下笔成文，让读者从中感受着他乡的风情以及生活的乐趣；一座水库，落笔就是一道风景，从美文中能欣赏到一幅幅秀丽的山水画卷。童年的趣事，军营的记忆，家乡的银杏叶，家门口的那条小河……无不在作者笔下妙趣横生，有血有肉，读罢总有字字珠玑、行行妙语之感！揭示着生活的真谛，给读者提供良好的精神食粮。作者一篇《我的悲痛化成雪》，让我们感受到了一个中年汉子对老父亲辞世的不舍、撕心裂肺的痛，听见了一位铁血男儿的号啕大哭，看到了一位孝子在父亲的灵前长跪不起……寄托着作者对父亲深情的哀思，生动地诠释了中国传统孝道文化，让人潸然泪下，让我们懂得这就是有情有义，至情至性，深受教育。

——同乡友人左鹏飞

王军写的文章情真意切，感情细腻，非常感人，文脉富有想象力，内容丰富而不显啰唆，读来让人感觉身临其书，写得别有一番韵味。我虽读你书不多，但总感觉你早已有大作家风范！同学中的骄傲啊！我们想学也学不来的！

——大学同学毛水平

每次读王老师的作品都有身临其境的带入感，浓浓的生活气息扑面而来，像一幅清明上河图徐徐展开，各色人物栩栩如生，引人入胜。文笔洒脱流畅，娓娓道来，既有散文的浪漫优雅，又有现实生活中的情怀，读后余韵悠长，令人回味。我很喜欢王老师的作品。

——国家广电总局朋友周睿

你的文章总是能勾勒出一幅美丽的画面，引人入胜，让人陶醉。不仅如此，反复拜读，细细品鉴，还能促人思索，受益匪浅！

——新疆军转干部陈培培

写景、抒情细致入深，概括总结富于哲理，启发读者思考，追求真善美的人生真谛。而且还是高产作家，勤思敏学，笔耕不辍。

——北京退休干部龙在飞

读王老师的书是思想的驰骋，是会心的交流，是自我灵魂的感悟，很受启发，很感人，感恩伟大的党、伟大的祖国！

——上海民警夏小勇

王同学很勤奋，在工作繁重，出差的高铁、飞机上忙中偷闲写作，生活中的点滴总能激发他创作的热情，而他的文章总能从细微处入手，见微知著，写真感情，写真性情，以细腻笔法写出打动人心、感动你我的语句，写出生活的美，人性的美，传递正能量！

——高中同学汤兴

今天常委会有一个要求，大家要认真读读王军的文章，他的文章很感人，我看了几次落泪。平时大家学习学什么，身边人是个鲜活的教材，就是要学习身边人身边事，他的文章情感丰富，作风朴实，故事励志，思想纯洁，有一股艰苦朴素的品质，今天读读王军的文章。

——一位县委书记

你的文章写得很好，很感人，很受教育，平时就放在我的床头上，休息时躺下来读一读，几次掉下眼泪。孩子假期放假时，我对孩子说让他好好看看，好好学习，受受教育。

——一位将军

随笔写的文章，均有感而发，没有华丽的文字，通俗易懂。写物，让人脑海瞬间还原出事物的本质；写景，眼前浮现出一幅幅真实画面；写情，内心里的情感油然而生，引起读者共鸣。其对事物观察细致，感情真挚细腻，文章内容正直向上，久读不厌……

——北京读者无虑

一个细小的东西在你的笔下有了生命的活力，字句之间感受到美的享受，同时满满的正能量！

——河北正定法院法官怡景

你的文章内心丰富，感情细腻，让同时代的人感同身受。

——同乡同学微信昵称致橡树

文章本天成，妙手偶得之。八千里路的云与月都伴随着你生动的字迹，在我的骨子里流淌。

——中国医药报社记者

王军其人，明于大德，勤于操守，行于正道。他弘扬公正，通达人情，凡是与他接触过的人都能感受到他的谦虚与诚恳；他善于总结，勤于反思，将日常的所思、所想、所感、所悟融入文学创作中，以情感人、以理服人、以志激人。从山水田园到人生百态，从市井小民到军旅生活，他用文字描绘着一幅幅星辰诗画，他用文字浇灌着一朵朵心灵之花。他的作品深沉厚重、大气磅礴，有力诠释了当代军人高远的理想追求和深沉的家国情怀；他的作品平实朴素、真挚醇郁，每每读后都会产生强烈的情感共鸣，那是一种向善、向上的力量。

——北京科技大学经济学博士、艾劲（北京）科技发展有限公司总经理王玲玲

在这个崇尚高科技的时代，人们被桎梏在了程序的列车上，把思想掩藏，让物欲飞奔，因而有许多人感慨，为什么难写出好的文章、好的诗歌。有一经典名言，“生活不是缺少美，而是缺少发现美的眼睛”。读了王军的散文和诗句，我感受到了真情和哲思的潮涌。他给心情放假，把目光停留在了一片树叶、一滴雨珠、一段古城墙，以及家乡的山山水水。他珍爱那清清的雨、飘飞的风，酝酿了一杯又一杯滋润心灵的甘醇。王军是一名职业军人，从军几十年，他深知自己的责任和使命。在他的散文诗里充满了正能量，歌颂了日益强大的祖国，践行着诗意的唯美和崇高。他不凡的视野、特殊

的心路历程，我们感受到了诗者的博大胸襟和坚强，以及爱国爱民的忧思与追求真善美的理想都纳入到了散文里，感受到了一种完整的、深刻的、罕见的精神美。

——国防大学王恒

文章文笔清新，情感丰富，语言朴实，引人深思，平凡中显示出不凡的文学功底。

——中国科学院大学智新

每一篇文章都是作者人生路上的一个故事，每个故事都能够迅速抓住读者眼球，并吸引读者一直读下去。亲情部分让人潸然泪下，写出了骨肉相连的深情，相互理解的默契，牵肠挂肚的惦记，圣洁无私的呵护，充满了爱的温馨。友情部分让读者懂得什么是真诚，明白什么是感动，感悟什么是快乐，友谊乐趣无穷。乡情部分写出了游子对故乡的浓浓思念。关于爱情写得如此微妙而美好，军人的爱情路上是一个坚毅的历程，是那不放弃的执着，写出了军恋特有的真挚和浪漫，也有着独一无二的甜蜜。

——北京民警

月色朦胧，初冬里，一壶茶，一箪食，和衣而坐，耽美文佳趣，忘却长夜漫漫。尝闻陆机《文赋》云：“石韫玉而山辉，水怀珠而川媚。”盖蕴其质者，必形诸文；慧于中者，必秀乎外。吾观今世，身揣富足银两者众，驱车马于闹市者有之，居高堂华厦者也多，独能以文字描绘生活抒发情怀并结集成书者稀。看似平凡，实则独具，以数十年之阅历而诉之于笔耕，品先生之文，可见戎装铁甲之下，难掩柔骨情怀。一春一秋、一饮一馔，皆为先生采撷，沉香酝酿，而后脱颖芬芳；烟火清欢、风物琳琅，唯有慧眼能赏，文思泉涌，只叹纸短情长。无论是小处写意，亦或是大处泼墨，皆情思浓厚、感化人心，之于吾可谓是：于煎熬处得希望，于意满时知守心。手举繁星者、必有光亮，赠人玫瑰者、手有余香，愿与读者诸君得以佳作共赏。

——空军某部战士夏天

很奇妙，王军叔叔的文字，带有自传性质的那部分尤甚。它们特别容易让我在字里行间找到共鸣和相似性。细细品咂它对抗生活、敬畏生命的撕扯感之后，留有余味的却偏偏是更深刻的自我敞开。它带给我的最鲜活的意义在于找到了清晰的向往，也就是——更清楚自己现在是谁，想成为谁，以及怎样成为！

——山西省山阴县公务员安艳霞

你的文章犹如祖国大好河山，滋养心灵情感，处处流露爱的力量，时而让人落泪，时而捧腹大笑，细腻，真诚！时而精忠报国，势不可挡，犹如中华儿女，淳朴坚定，万众一心！

——西安读者黄萍

你的文章情感细腻，朴实无华，感人至深，读后会有共鸣！父亲那篇，看到几次落泪，真情实感，特别感人。

——北京房山区某村支记杨国华

兄长王军，军人，作家，近三十年戎马生涯熔铸了他的坚质浩气，同时又散发着儒雅气度。不张扬，不故作豪放，崇尚含蓄内敛之气韵。又是诗人，诗言其志，寄情而作，随物应生，朴实无华。江浪滔滔，世事繁杂。常寄言于朋友圈，犹如茶肆，方尺桌上系天下。江湖纷争，旧史典故也尽在闲话义愤中。东蹲西蹭半载，浪流各地数月。余无兄才，每每借其言当己出。仰慕兄台畅意抒怀，深得益智。以家为点，以微信为媒，只言家常生活之事。今计划整理出书，摆开八仙方桌，纳四方游散小憩闲坐。既恭迎贤人雅士，名流风骚客清谈，也不拘吾等袒胸露肚、挖鼻抠丫汉喧哗。敞纳天下众汇一席，自抒己见。留壁待墨，置盂盛痰，除苍蝇者，一概不拒。谨以此数句，致敬兄长。

——新县一中校友苏锡江

偶阅朋友圈时，见你的散文诗词，多是烟火缭绕的人间亲情和日常生活，每每品读，韵味十足，有含义，有寄托，融入了感情、思想、意志、生命，是非常真诚的、非常直接的一种兴发感动在作品中留下来了。

——北京读者萍

初识君之文章，是在一个微信群里看到的。因时隔三十多年，虽文后都有署作者名，但同名同姓很多，我并不知作者是何人，更不知作者在何地何处工作，但唯美的文字却吸引我不断地去阅读，去赏析：每一寸情，每一件琐事，每一朵花，每一处景色，每一段心灵情感……在君之心中都会涤荡出最纯真质朴的情，最善良的感动，如涓涓清泉在君之笔端流淌，唯美而清新，清澈澄明。如诗如画的文字，饱蘸了君之内心乐观、向上、坚韧、豁达、正气、向善的人生态度，以及对家乡、对朋友、对挚亲、对山川河流的深深热爱和眷恋。只有内心如玉温润，才能写出情感如此细腻饱满的，让人读之或流泪，或心旷神怡，或充满感激，或产生蓬勃热情的篇篇精美之文。

——新县古诗词爱好者汪颖

蒹葭苍苍，白露为霜。儒士王军，善为文章。美文清雅，韵味悠长。涓涓清流，滋肺润肠。匠心巧思，文采飞扬。冬读温暖，夏品清凉。语言洗炼，行文流畅。贵在真实，采风故乡。文短意丰，表现力强。少年趣事，跃然纸上。家乡景物，游子不忘。读君美文，疗我心伤。

——同乡友人左鹏飞赋诗一首

……

为此，我捧着读者真切的言语和心灵中的文字，思考着那字那句的情真意切，我像捧读圣书一样铭记心里，也在日后的生活中时常惦念着这些可尊为师的读者啊！不论何时，不论文字的长短，他们时常在我的微圈里点赞关注，送来表情和温情。为此，我常在莫名的夜晚静静地坐在一处感受着那份难得的世间情感，也爱在空余的时刻里思念着友人无处不在的关怀。

今以读者为序，也是一份尊重，一份爱意，一份情谊，愿我永远地记住他和她。

二〇二二年三月

后　　记

在世事平淡无奇的日子里，我见往日心灵而约的那些文字、那些小文一篇篇编辑成册快要出版的时候，心里总觉得在书的最后面要说点儿什么，感觉不说出来似乎缺点儿什么似的，思来思去，说什么呢？

是善行，还是善待？是感激，还是感恩？

在众多的关爱中，我懂得了善行，也学会了善待；在无私的帮助中，我懂得了感激，也学会了感恩。在日出星没的日子里，有人在默默地关注着，也有人在暗暗地关心着，有人在为我摇旗奔走，也有人在为我守望相助……那每一份真情，每一点儿心意，每一次点滴的帮助，让我在人生的路上有了信心，有了希望，有了底气，有了一种不甘人后的精神。他们中有的是我的亲人，也有的是我的朋友，有和善的领导，也有相处的同事，有陌生的长辈，还有不知名的读者。

他们是智者，也是我的良师益友，更是我终身感激受益的朋友。他们在我求知的路上，像雾中的灯塔，也似雨后的太阳，让人看到了创作旅程的希望与光芒。

于是，在人生苦难的岁月里，在生活没有着落的雨天中，我常把他们的话语、他们的教诲，当作圣书一样捧在胸前，让我不失旅途，不迷方向，不怵未来。

我在渴望知识的途中，初涉世事，像一叶小舟在人生的大海里漂泊着，那里有风，也有雨，那里有苦，也有泪。我在寂寞的途中挺住，在艰险的十字路上学会了摸爬滚打，也学会了识人爱人，更懂得珍惜友情和相爱关爱的人，我认为每次的相遇，每次的相视，每次的不请之情，都是人生修来的福分，都是母爱育儿的一首不老的歌谣。

我常想，在好人的氛围中，我也学会了做些举手之劳的事，做些力所能及的事，做些解他人困境所迫的事。我感谢那些为我操劳的人，也感谢那些平时只要有事说一声就记在心里的人。他们是好人，也是心善之人。他们厚道，他们忠实，他们有责任，他们把友情间的事当作自己心中的事，他们把毫无怨言的付出当作真诚的担当。

为此，在出版这些心灵文字的时候，那个仁厚的编辑，那个建言献策的朋友，那个热情温心的兄弟，那个倾心关注的读者，他们辛勤的付出和不情之请，让人感动，让人心存感恩。

感谢他们用辛勤的汗水在为我的文字加工打磨，编辑成册；感谢他们用热心的心肠在为我日后的创作指点迷津，寄望我多出优秀的作品。

为此，感恩在心。“泪盈襟，礼月求天，愿君知我心”。为此，我双手合十，道声情深似海、恩重难移……

“未知天地恩何报，翻对江山思莫开。”愿我一心向善，一生图报，为国为家，为恩为情，为爱而生。

二〇二二年三月